Angela von Gatterburg

# Ein Engel im Mondlicht

rütten & loening

Angela von Gatterburg

# Ein Engel im Mondlicht

*Roman*

rütten & loening

FSC
www.fsc.org
MIX
Papier aus verantwortungsvollen Quellen
FSC® C083411

ISBN 978-3-352-00816-0

Rütten & Loening ist eine Marke der
Aufbau Verlag GmbH & Co. KG

1. Auflage 2011

Einbandgestaltung Henkel/Lemme, Berlin
Typographie und Satz Robert Engelhardt, Berlin
Druck und Binden CPI – Clausen & Bosse, Leck
Printed in Germany

www.aufbau-verlag.de

# Kapitel 1

Es war in einer funkelnden Winternacht, als der Engel auf die Erde fiel. Seine silberne Kapsel flog am Firmament entlang durchs Weltall, sie drehte sich schnell und lautlos durch die Dunkelheit, vorbei an großen und kleinen Planeten. Der Engel, festgegurtet wie ein Astronaut, reiste mit bangem Herzen. Er wusste nicht, was ihn erwartete am Ziel seiner Reise.

Normalerweise wurde jemand wie er mit einem klaren Auftrag entsandt. Natürlich nur, wenn man ihn für reif genug befunden hatte und der Ansicht war, er sei dem Auftrag gewachsen. Ich hingegen, dachte er, bin von niemandem für reif genug befunden worden. Ganz und gar nicht. Ich habe mich unerlaubt von meinem Arbeitsplatz entfernt. Es bekümmerte ihn, dass er seinen Vorgesetzten gegenüber ungehorsam war. Aber er konnte nicht anders. Musste man manchmal nicht ungehorsam sein, um das Richtige zu tun? Er jedenfalls hatte seine Aufgabe erkannt und sich mit brennendem Herzen auf den Weg gemacht.

Es war sein erster Ausflug zur Erde, und er hatte Angst.

Ganz anders ging es den Gestirnen, an denen er vorbeirauschte; sie hielten seinen Anblick für eine staunenswerte, glückbringende Angelegenheit. Ein Engel auf Mission zur Erde – wenn das nicht ein Grund zum Feiern war! Die Sterne strahlten um die Wette und schickten der Kapsel lange Lichtschweife hinterher. Zu viel Lichtgewitter, dachte der Engel nervös. Ich komme noch vom Weg ab. Er schluckte und versuchte sich zusammenzureißen. Um sich mit der Kapsel und ihren Flugeigenschaften vertraut zu machen, hatte er nicht genügend Zeit gehabt. Hektisch drückte er nun auf einen der blauen Bremsknöpfe. Doch die Sternenkapsel drehte sich schneller, und es klang einen kurzen Moment lang so, als würde sie Luft holen. Dann hörte der Engel ein heulendes Geräusch und merkte zu seinem Entsetzen, dass seine Fahrt sich weiter beschleunigte. Während er hektisch sämtliche Knöpfe drückte, öffnete sich plötzlich eines der großen Seitenfenster, und ein harter Windsog brachte die Kapsel in Schräglage. »Hilfe!«, schrie er voller Furcht. Seine Gedanken überschlugen sich. Vielleicht war es doch ein Fehler gewesen, sich allein und ohne Erlaubnis aufzumachen. Vielleicht bin ich ganz und gar ungeeignet für diese Aufgabe, dachte er. Ganz. Und. Gar. Ungeeignet …

Die Kapsel raste jetzt so schnell, dass er nichts mehr denken konnte. Und er war nicht sicher, ob er jemals auf der Erde ankommen würde, und wenn ja, in welchem Zustand.

Währenddessen ging im Himmel alles seinen Gang. Dort herrschte schönstes Sommerwetter, und Engel Octavio kehrte den Hof vor seinem Haus. Er überlegte gerade, was er zum Abendessen kochen sollte, als einer seiner Kollegen um die Ecke kam, Oberengel Servatius, eine hochgestellte Persönlichkeit im Engelreich. Mit ihm war nicht zu spaßen, und jetzt machte er ein besonders ernstes Gesicht.

»Irgendetwas passiert?«, fragte Octavio, der für seine Gelassenheit bekannt war.

»Noch nicht. Könnte aber bald sein. Es betrifft einen deiner Ausbildungsengel. Bislang saß er in der Registratur. Dort gehört er auch hin.« Servatius schnaubte. »Sobald er zurückkehrt, wird er zur Putzkolonne strafversetzt.«

Octavio dachte an seine Schutzbefohlenen und seufzte. Gab es nicht immer Ärger, wenn Servatius auftauchte?

»Was ist schiefgegangen?«, fragte er. »Um wen handelt es sich?«

»Registraturengel Nummer neunzehn. Unerlaubt vom Dienst ferngeblieben. Ohne Marschbefehl zur Erde aufgebrochen vor wenigen Stunden. Undercover unterwegs. Keine Ahnung, was er dort vorhat. Offenbar ist er völlig durchgedreht.«

»Nummer neunzehn«, sagte Octavio nachdenklich und drehte sich kurz zu einem seiner Rosenbüsche. Also war Nr. 19 wirklich gestartet. Wie er es angekündigt, nein, angedroht hatte.

Weil niemand auf ihn hören wollte. Weil man seine Einwände übergangen hatte. Weil er an Gerechtigkeit glaubte. Und an die Liebe.

Natürlich würde Servatius den Vorgang anders beurteilen. Also sollte er jetzt wohl besser den Mund halten und so bald wie möglich versuchen, seinem Schüler zu helfen. Andererseits gefiel ihm die selbstgefällige Art von Servatius nicht.

Er drehte sich um. »Nummer neunzehn. Prima Kerl, wenn du mich fragst. Allerdings war er noch nie auf der Erde.«

»Richtig, Nummer neunzehn. Natürlich war er noch nie auf der Erde. Er ist einfach nicht geeignet dafür. Wie man sieht, ist er offenbar bereits mit der Anreise überfordert. Er ist einfach, nun ja, zu unbedarft.«

Octavio zog die Augenbrauen hoch. Unbedarft, so bezeichnete Oberengel Servatius alle Lehrengel, von denen er nichts hielt. Und, wie Octavio ahnte, Servatius mochte Nr. 19 nicht. Er hatte nichts übrig für leidenschaftliche, glühende Himmelsboten. Er setzte auf Dienst nach Vorschrift. Auf Gehorsam. Anpassung. Octavio seufzte. Servatius hingegen hatte Nr. 19 gern, gerade weil er so wahrheitsliebend und engagiert war. Aber ob er damit auf der Erde weiterkam?

»Erzähl mir, was genau passiert ist.«

»Nummer neunzehn hat sich in eine Silberkapsel gesetzt, die er nicht fliegen kann. Die Kapsel ist vom Flugkurs abgekommen und rast jetzt viel zu schnell. Und wird nicht da landen, wo sie landen soll. Das ist passiert.« Servatius schüttelte den Kopf, als hätte er keinerlei Verständnis dafür, dass jemand den Weg verfehlte.

»Das kann ja mal vorkommen«, sagte Octavio.

»Das darf nicht vorkommen! Ich kann mir vorstellen, was er vorhat und wohin er genau will. Was uns Sorgen macht, ist, dass er immer mehr beschleunigt. Könnte sein, dass er beschädigt auf der Erde landet. Und du weißt ja, was das bedeutet.«

Octavio nickte. Ja, er wusste, was das bedeutete. »Wo wird er voraussichtlich landen?«

»Irgendwo in Bayern, auf dem Land. Jedenfalls nicht in der Landeshauptstadt.«

»Ich behalte ihn im Auge«, versprach Octavio.

»Darum möchte ich auch gebeten haben. Es ist nicht einfach, sich in diesem Teil des Erdenpfuhls zurechtzufinden. Sehr seltsam sind die Menschen dort, raubeinig und eigenwillig. Sie sprechen mit komischem Zungenschlag und ernähren sich von merkwürdigen Erdensnacks: Butterbrezeln. Weißwürsten. Weizenbier.« Servatius schauderte. »Teuflische Verführungen, wenn du mich fragst. Vor allem für einen so naiven Engel, wie Nummer neunzehn es ist.«

»Ein paar Weißwürste haben noch niemandem geschadet. Ich finde sie übrigens köstlich, falls es dich interessiert. Und Nummer neunzehn hat einen robusten Magen.«

»Ich weiß. Aber ein Engel, der sich den Bauch mit Weißwürsten vollschlägt, könnte auffallen. Nummer neunzehn ist schließlich nicht in Menschengestalt unterwegs.«

Das war richtig. Ausbildungsengel begaben sich bei ihren Aufträgen unsichtbar auf die Erde. Der Einsatz in Menschengestalt war nur ganz erfahrenen Engeln vorbehalten. Nr. 19 hatte allerdings weder einen Auftrag noch Erfahrung.

»Ich weiß nicht, was ihn zu diesem Abenteuer getrieben hat«, sagte Servatius streng.

»Weißt du doch«, sagte Octavio. Du sollst nicht lügen, stand geschrieben. Offenbar hatte Servatius vergessen, was geschrieben stand. »Er will einem Menschen helfen, weil hier etwas schiefgelaufen ist. Ein Irrtum des Computers, soweit ich weiß.«

»Der Himmel irrt sich nicht.«

»Ach, wirklich? Warum gibt es uns Engel dann überhaupt? Würde nie etwas schiefgehen, wären unsere Sondereinsätze nicht nötig. War es nicht so, dass ein Verwaltungsfehler passiert ist, aber niemand bereit war, die Verantwortung zu übernehmen?«

Servatius funkelte ihn böse an. »Fehler passieren, ich habe keine Lust, jetzt darüber zu diskutieren. Aber ich mache dich persönlich verantwortlich für das, was Nummer neunzehn anstellt. Wir hoffen sehr, dass er nicht versagt und keine groben Fehler macht. Oder zu viel Aufmerksamkeit auf sich zieht. Das würde der Marketingabteilung nicht gefallen. Sie bastelt gerade an einem neuen Image für uns. Aber das weißt du bestimmt, oder?«

Octavio gab sich alle Mühe, geduldig zu bleiben. »Natürlich. Wer wüsste das nicht. Die machen ja genug Gewese darum.«

Servatius wedelte mit der rechten Hand. Offenbar wollte er sich nicht weiter über die Marketingabteilung unterhalten. »Ich hoffe nur, Nummer neunzehn hat sein Handbuch im Gepäck und versteht sich auf kleinere Wunder.« Servatius blickte weiter streng.

»Bestimmt«, sagte Octavio, der allmählich die Geduld verlor. »Wie ich schon sagte, er ist in bester Absicht unterwegs. Ich denke, du weißt, warum.«

»Ich verbitte mir diesen Ton!«, entgegnete Servatius pikiert und machte sich mit einem wütenden Zischen davon. Servatius bürokratikus, dachte Octavio. Wie bedauerlich, dass manche seiner Kollegen doch ziemlich aufgeblasene Gesellen waren. Obwohl Engel sich doch eigentlich demütig und bescheiden zeigen sollten. Aber es gab immer irgendwelche Wichtigtuer, die sich profilieren wollten. Und diese Imagekampagne der

Marketingabteilung ging ihm auch gegen den Strich. Ein Engel war ein Engel, man musste keine Werbung für ihn betreiben, als wäre er ein auf Hochglanz poliertes Auto. Als müsste man den Menschen die Engel aufschwatzen. So ein Quatsch. Die meisten Menschen glaubten an Engel und waren froh, wenn ihnen einer zu Hilfe eilte.

Marketing. Octavio schüttelte den Kopf. Von diesem himmlischen Budenzauber hielt er überhaupt nichts. Aber damit wollte er sich jetzt nicht beschäftigen. Er hatte keine Zeit zu verlieren. Er schaltete seinen Super-Cielo-Computer ein und sah nach, wo sein Lehrengel abgeblieben war.

»Na, das sieht doch gar nicht so schlecht aus.«

Dann aber merkte er, dass er auf den ersten Blick etwas übersehen hatte. Die Richtung stimmte nicht. Registraturengel Nr. 19 segelte in die falsche Richtung. Und das in rasantem Tempo.

Ich brauche eine Idee, dachte Octavio. Und zwar schnell.

# Kapitel 2

Der Mond über Bayern sah an jenem Abend aus wie eine goldene Scheibe. Wie ein funkelnder Pfannkuchen, dachte Wilhelm Obermayr, während er ihn betrachtete. Wilhelm Obermayr, den alle nur Willi nannten, stand mit seinem Hund auf der schneebedeckten Veranda seines Hauses und starrte nach oben. »Ja, da legst di nieda«, murmelte er, »nedd zum glaum.«

Willi war Bayer, romantische Neigungen lagen ihm fern. Doch in jener Nacht zog der Himmel seinen Blick magisch an. Das Licht des Mondes, so kam es ihm vor, strahlte heller als sonst und schien alle Dinge zu verzaubern. Es ist eine Nacht, in der alles passieren kann, dachte Willi. Allerdings legte er wenig Wert darauf, dass unvorhergesehene Dinge passierten. Er hatte gern seine Ruhe und zog es vor, dass die Tage gleichförmig dahinglitten.

Doch dieser Mond kündete von etwas Besonderem, so schien es ihm.

Oder lag es am vielen Weißbier, das er getrunken hatte? Willi trank für sein Leben gern Weißbier, für ihn gab es nichts Besseres und Gesünderes. In seiner Heimat waren viele seiner Ansicht und tranken Weißbier bei jeder Gelegenheit: oft schon vormittags, spätestens zum Mittagessen, ganz sicher aber zur Brotzeit und natürlich auch abends.

Willi trank allerdings häufig ein wenig mehr als andere Leute. Manchmal sah Willi nachmittags schon betrunken aus, manchmal war er's auch. Willi entschuldigte sich damit, dass er das viele Weißbier brauche, weil er mit seinen Erfindungen nicht weiterkam. Er war Erfinder, hatte jedoch manchmal eine Art Blockade. Die Muse küsst mich nicht, dachte er dann und ersetzte die unzuverlässige Muse durch ein Weißbier. Das Bier, sagte Willi gern, würde ihn inspirieren. Tatsächlich beförderte das Bier seine Eingebungen so gut wie nie. Meistens trat das Gegenteil ein, er wurde schläfrig, seine Gedanken verwirrten sich, er starrte dumpf vor sich hin und schlief ein.

Doch der heutige Abend, das fühlte Willi trotz des Bieres, das er in sich hineingeschüttet hatte, war nicht wie alle anderen. Vielleicht würde das Mondlicht ihm die Eingebung bescheren, auf die er schon so lange wartete. Er schlug sich gerade mit seiner neuesten Erfindung herum, einem singenden Toaster. Bis jetzt toastete der Toaster nur, sang jedoch nicht. Trotz des kleinen Chips, den Willi in seinen Boden eingebaut hatte.

»Jennifer, Marie, kommts do amal und schauts euch diesen Mond oa.« Er wandte sich zum Haus und horchte. Ja mei, wo waren diese Weiber nur wieder?

»Kann gerade nicht, Opa«, rief seine Enkelin. Aus dem oberen Stockwerk drangen Musik und klappernde Geräusche.

»Marie, schau dir amal den Mond oa. A Wahnsinn«, rief Willi wieder.

Im oberen Stockwerk öffnete sich ein Fenster.

»Ja, Papa, hab ihn schon gesehen. Er sieht wunderbar aus.« Marie, die aus dem Fenster blickte, winkte ihm zu und sah nach oben in den Himmel. »Wirklich schön«, sagte sie leise. Einen vollkommenen Moment lang war es ganz still, und Willi und seine Tochter betrachteten den Mond.

Dann rief Marie ihrem Vater zu: »Ich muss mich sputen, ich bin noch verabredet. Jennifer macht sich gerade die Haare im Bad. Das kann dauern.«

»Na, dann net«, brummelte er und schüttelte missmutig den Kopf. Es war nicht einfach, mit zwei Frauen zusammenzuleben. Eigentlich lebten sie nicht richtig zusammen, und vielleicht war das genau das Problem. Er fühlte sich manchmal einsam, und er glaubte, dass es seiner Tochter oft ähnlich ging. Jedenfalls hätte er es schön gefunden, mit ihr und seiner Enkelin den Mond anzusehen. Einfach so. Es kam nicht oft vor, dass sie etwas teilten, von gelegentlichen Mahlzeiten einmal abgesehen. Er starrte weiter den Mond an, der über ihm stand und eindringlich strahlte.

»Na, was moanst, Alex?«

Willis Hund Alex, ein gutmütiger Langhaardackel, heulte den Mond an, als spräche dieser zu ihm. Von Zeit zu Zeit schien der Mond Funken zu sprühen, und Willi hatte das Gefühl, als geschehe in der Dunkelheit vor seinen Augen etwas Geheimnisvolles. Er wusste nicht, was er davon halten sollte.

Sie standen noch eine Weile auf der Veranda und schauten zum Himmel, bis es Willi zu kalt wurde.

Eine zündende Idee für seine Erfindung war ihm nicht gekommen. Viel Zeit hatte er nicht mehr. Der Toaster war für seinen besten Freund Friedl, mit dem er seit Jahren Stubenmusi machte. Dessen Geburtstag stand in zwei Wochen bevor, bis dahin musste der Toaster funktionieren. Beim Gedanken daran verschlechterte sich Willis Laune augenblicklich. »Kimm nei und jaul net so«, fuhr Willi seinen Hund an und warf einen grimmigen Blick auf den glühenden Himmelskörper. »Und du da droben, mach di net so wichtig.«

Mit einem energischen Ruck zog er die schwere Holztür seines Hauses hinter sich zu, ging in seine riesige Wohnküche, die voller Werkzeuge lag. Er schlurfte zum Kühlschrank, nahm eine Flasche Bier und goss sich ein weiteres großes Glas ein. »Prost, Alex!«

Alex sah sein Herrchen ergeben an. Willi ließ sich schwerfällig in seinen alten Ohrensessel fallen, löschte die Lampe neben sich und betrachtete den mondhellen Himmel widerwillig durchs Fenster. Er dachte kurz daran, ein wenig an seiner Erfindung zu arbeiten oder zu schnitzen. Dann verwarf er diesen Gedanken wieder und beschloss, vom Fenster aus den Himmel weiter zu beobachten und dabei sein Weißbier zu trinken. Dann wäre es Zeit, zu Friedl zu fahren.

Seine Tochter Marie ging im oberen Stockwerk umher, das sie mit ihrer Tochter bewohnte. Sie fühlte sich eigentümlich an diesem Abend. Es gab so viele Dinge, über die sie nachdenken wollte. Im Radio erzählte ein Mann gerade etwas von dem glühenden Bedürfnis des Menschen nach Transzendenz. Marie fühlte ein glühendes Bedürfnis nach einem schönen heißen Bad. Sie drehte das Radio ab und blickte wieder aus dem Fenster. Der Mond sah anders aus als sonst. Geradezu unnatürlich groß und leuchtend.

»Jennifer, schau doch mal, der Mond«, rief Marie. Nicht, dass sie wirklich eine Antwort erwartete. Jennifer fuhrwerkte im Bad herum und war mit hochwichtigen Verschönerungsmaßnahmen beschäftigt. Keine Zeit, ihrer Mutter zuzuhören.

Marie seufzte. Wie sehr sich Kinder doch veränderten und wie schnell. Und manchmal, dachte sie, selbst wenn sie das nie laut sagen würde, in ungewollter Weise. Früher hätte Jennifer die halbe Nacht aufbleiben wollen, um gemeinsam mit ihr den Mond zu bestaunen. Heute konnte Marie froh sein, wenn ihre Tochter überhaupt mit ihr sprach. Na ja, das war vielleicht übertrieben. Aber Jennifer war inzwischen ein Teenager. Sie interessierte sich nicht für Sterne und den Mond, sie interessierte sich für Emily Handerson, die demnächst in der Stadthalle auftreten würde, und für die Jungs von Tokio Hotel. Und womöglich noch für ganz andere Jungs. Solche, die nicht so unerreichbar waren wie diese Popfuzzis, sondern sich in Jennifers Nähe rumtrieben. Die auf ihre Schule gingen.

Marie machte sich Sorgen. Vor ihrem geistigen Auge sah sie Scharen von pickeligen, grabschenden Teenagern, die kaum älter waren als Jennifer und gewisse Dinge im Sinn hatten. Natürlich, dachte sie, wäre alles noch schwieriger, wenn sie in der Großstadt leben würden. Auf dem Land ging alles gemächlicher zu, und die meisten jungen Mädchen hängten sich nicht irgendwelche Ringe in Nase und Bauchnabel. Aber wer weiß, wie lange das so blieb? Die meisten Moden und Trends kamen irgendwann auch in der Provinz an.

Marie wollte keine übervorsichtige Mutter sein, sie wollte ihre Tochter nicht mit Verboten umgeben und mit Fürsorge ersticken. Doch sie fürchtete sich ein wenig vor den nächsten Jahren. Jennifer würde Dinge ausprobieren wollen, wie andere Teenager auch, sie würde experimentieren wollen, vielleicht mit Drogen (hoffentlich nicht), vielleicht mit Piercings (bloß das nicht) und wahrscheinlich mit Sex (unvermeidlich). Marie hatte in einem Magazin gelesen, dass junge Männer heute als die gefährlichste Spezies der Welt galten. Das kam von dem vielen Testosteron, das in ihren Körpern kochte, sie antrieb, umtrieb und unberechenbar machte. Und die jungen Mädchen heute waren auch nicht so wie zu ihrer Zeit. Sie rauchten wie die Schlote und machten häufig mit bei dem, was die Zeitungen indigniert »Komasaufen« nannten.

Jennifer war zwölf Jahre alt. Marie seufzte wieder und betrachtete sich im Spiegel. Und wie alt war sie? 36 Jahre. Aber sie fühlte sich manchmal wie 63, ausgelaugt, irgendwie erschöpft. Vielleicht, dachte sie, verbraucht sich das Gefühl für die eigene Attraktivität mit der Zeit, wenn einem niemand sagt, dass man schön und begehrenswert ist.

Marie hörte Jennifer im Bad singen. Könnte sie doch nur auch fröhlich sein wie ihre Tochter, so voller Tatendrang, Energie, Heiterkeit. Überzeugt davon, dass das Leben schön war. Jennifer war unbekümmert und in vertrauter Selbstverständlichkeit verbunden mit ihrer Freundin Mona, mit der sie heute Abend über eine Stunde lang telefoniert hatte.

Und ich?, dachte Marie. Sie fragte sich, ob je wieder ein Mann nach ihrer Telefonnummer fragen würde, um mit ihr eine Stunde lang zu telefonieren. Oder um sie anzurufen und zu einem Candle-Light-Dinner auszuführen. Diese Art Rendezvous sei wieder schwer im Kommen, hatte kürzlich eine Freundin gesagt. Marie fände bereits eine schlichte Einladung ins »Flamingo« himmlisch. Das war eine gemütliche Bistro-Kneipe, in der köstliche französische Pfannkuchen und kleine Torteletts serviert wurden. Natürlich hatte Marie ihre Verehrer, aber wenn sie in Gedanken die Männer durchging, die sich für sie interessierten, musste sie sich eingestehen, dass sie mit keinem von ihnen einen Abend im »Flamingo« verbringen wollte. Natürlich konnte sie auch mit einem Kollegen dorthin gehen. Aber ein richtiges Date wäre doch etwas anderes.

Sie hatte es satt, allein zu sein. Sie sehnte sich nach einem Mann, der ihr seine ganze Aufmerksamkeit schenken und seine Gedanken und Geheimnisse mit ihr teilen wollte.

Nicht wehleidig sein, ermahnte Marie sich. Sie würde heute Abend mit ihrer Freundin Eva ausgehen, und das würde sicher ganz unterhaltsam werden. Vielleicht würde sie ja sogar jemanden kennenlernen in dieser Kneipe, die Eva ausgesucht hatte. Sie hieß »Dicker Mann«, was verheißungsvoll klang, zumindest, was die Küche betraf.

Während Marie ein dunkelgrünes, schmales Wollkleid anzog, musterte sie sich noch einmal kritisch im Spiegel des Kleiderschranks. War sie nach landläufigen Maßstäben attraktiv? Einigermaßen, dachte sie ungnädig. Sie war mittelgroß, schlank, hatte große, braune Augen, die etwas skeptisch in die Welt blickten. Ihr Gesicht hatte jemand mal als »interessant« bezeichnet, na ja, es gab wohl schlimmere Beschreibungen.

Marie platzierte mit sicherer Hand einen Lidstrich. Geht noch, dachte sie. Wo war ihre Wimperntusche? Und die Haarspange?

»He, Jennifer, kannst du mich bitte mal reinlassen?«

Keine Antwort. Außer dröhnender Musik war nichts zu hören.

»Jennifer! Mach bitte die Tür auf. Ich muss mich fertig machen. Ich treffe mich mit Eva.«

Die Tür sprang auf. Ihre Tochter stellte mit leicht genervtem Gesichtsausdruck das Radio leiser und sagte: »Was ist denn?« Sie stand vor dem Waschbecken und betrachtete kritisch die rotbraune Masse, die sie auf ihre Haare aufgetragen hatte.

»Rot?« Marie versuchte, gelassen zu klingen.

»Rot ist cool. Alle bei mir in der Klasse haben jetzt Rot. Ich hoffe nur, es wird nicht zu hell, nicht zu knallig. Was denkst du, wie lange muss ich es drinlassen?«

»Keine Ahnung. Was steht denn auf der Packung?« Marie griff nach dem Karton, aber ihre Tochter winkte ab.

»Danach kannst du nicht gehen, das muss man im Gefühl haben.«

Im Gefühl, dachte Marie. So ein Quatsch. Wie sollte eine Zwölfjährige im Gefühl haben, was dieses chemische Zeug mit ihren Haaren machte?

Sie sagte nichts, nahm die Wimperntusche, die im Regal lag, und begann, sich langsam und konzentriert die Wimpern zu tuschen. »Hast du den Mond gesehen?«, fragte sie.

»Ja. Hab ihn vom Fenster aus gesehen. Sieht super aus. Irgendwie anders als sonst. Galaktisch. Als ob er gleich runterfallen würde. Steht Opa noch draußen?«

»Nein, ich glaube, er ist wieder in der Küche. Es ist ihm wohl zu kalt geworden.« Marie steckte sich die Haare mit einer schwarzen Lackspange am Hinterkopf zusammen. »So. Fertig. Wie seh ich aus?«

Ihre Tochter machte sich nichts aus Kleidern, sie trug fast immer Jeans und Pullover. Jetzt kniff sie die Augen zusammen und musterte ihre Mutter kritisch. »Bisschen bieder. Aber sonst ganz nett.« Sie lachte und gab ihrer Mutter einen flüchtigen Kuss auf die Wange. »Mama, du siehst cool aus, wirklich. Allerdings, wenn du mit der verrückten Eva zusammen bist, wird das nichts mit einem neuen Mann. Wenn die Eva sehen, verschwinden die Kerle schneller, als du gucken kannst.« Sie nickte wissend.

»Wie kommst du denn da drauf?«

Marie war so überrascht, dass sie sogar versäumte, zu betonen, dass sie keinesfalls auf der Suche nach einem neuen Mann sei, wie sie es Jennifer gegenüber sonst immer tat. Bis dieser Fall eintreten würde und sie auf das gnädige Wohlwollen ihrer Tochter hoffen müsste, sollte Jennifer sich gefälligst nicht damit beschäftigen, wie Frauen auf Männer wirkten. Schon gar nicht sollte sie sich zum Ausgehverhalten ihrer Mutter und deren bester Freundin äußern. Sie war entschieden zu jung für Geschlechterstudien.

Jennifer neigte den Kopf, wie sie es immer machte, wenn sie nachdachte. »Eva ist irgendwie nett, aber zu laut, zu unruhig, kein bisschen anschmiegsam. Aber anschmiegsam ist wichtig, das habe ich in einer Zeitschrift gelesen.«

Marie setzte sich auf den Badewannenrand. »Hör mal«, protestierte sie. »Wir reden hier nicht über einen Hund, sondern über meine Freundin.« Sie verschwieg sorgsam, dass Eva, im Gegensatz zu ihr, dauernd irgendwelche Männerbekanntschaften machte. Wahrscheinlich bin ich zu wenig anschmiegsam, dachte sie. Gut, Evas Bekanntschaften verliefen meist kurz und heftig, aber immerhin lief bei ihr was. »Ich finde Eva erfrischend. Sie ist direkt und sagt meistens, was sie denkt.«

»Genau, Mama, sie ist kein bisschen diplomatisch. Und na ja, so der Kracher ist sie ja nun auch nicht, was ihr Aussehen angeht. Sonst könnte sie sich das vielleicht erlauben.«

»Jeder, der nicht aussieht wie diese blonde Kuh, ist in deinen Augen kein Kracher«, sagte Marie. Natürlich war sie in den Augen ihrer Tochter erst recht kein Kracher. Sie wusste Bescheid. Diese Heidi Klum mit ihrer Show im Fernsehen, die war ein Kracher. War das das Ergebnis aller Emanzipationsbemühungen? Ihre Tochter vergötterte ein blondes Model, das im Fernsehen regelmäßig junge Mädchen zu Weinkrämpfen nötigte. »Ich finde Eva schwer in Ordnung«, sagte sie energisch. »Essen steht auf dem Herd, wenn du noch mal

Hunger kriegst. Ich muss jetzt los. Kann spät werden. Geh zeitig ins Bett. Wann hast du morgen Schule?«

»Erst um zehn, da bist du schon weg. Ich treffe mich mit Mona vor der Schule.«

Marie fragte nicht weiter nach. Ihre Tochter hing ständig mit ihrer Freundin Mona zusammen. Vor der Schule, nach der Schule, abends, an den Wochenenden. Und wenn sie nicht zusammen waren, telefonierten sie.

»Gut, mein Schatz. Tschüss.« Marie gab ihrer Tochter einen Kuss in den Nacken, nahm ihren Mantel und stürmte die Treppe hinunter ins untere Stockwerk. Sie klopfte kurz an der Küchentür und trat ein, als keine Antwort kam. »Servus, Papa, ich geh dann. Pass auf, dass die Jennifer nicht so viel Fernsehen schaut. Pfüat di.«

Ihr Vater antwortete nicht. Er lag in seinem Sessel und schlief. Marie schaute auf die Uhr und seufzte. Hatte ihr Vater nicht vorgehabt, später noch zu seinem Freund Friedl zu fahren, um Stubenmusi zu machen? Sie konnte sich nicht genau erinnern. Vielleicht hatte er es vergessen. Auf Zehenspitzen schlich sie zu ihm und legte ihm eine Decke über.

»Servus, Alex, Servus Papa«, sagte sie zärtlich und ging leise hinaus.

# Kapitel 3

Der Engel raste so schnell auf die Erde zu, dass er kaum noch Hoffnung auf eine sanfte Landung hatte. Er hatte auf Autopilot geschaltet und versuchte zu steuern, aber er wusste nicht genau, wohin, und hatte ohnehin den Eindruck, dass die Kapsel tat, was sie wollte. Und offenbar war sie der Meinung, es sei Zeit, den Flug zu beenden. Der Engel sah Lichter näher kommen, er sah Schneeflocken, die in der Luft trieben, und erkannte, dass er auf eine Ansammlung von Häusern zustürzte.

Er rief wieder und wieder um Hilfe, aber wer sollte ihn hören? »Octavio!«, war das Letzte, was er von sich gab, bevor die Kapsel in eine prachtvolle Tanne krachte. Einige Äste brachen und bremsten sie, dann knallte sie auf eine kleine Straße und zersprang in tausend Stücke. Der Engel wurde wie von einem Katapult herausgeschleudert, überschlug sich einige Mal im Mondlicht und segelte dann langsam in Richtung Erde auf die Kleinstadt zu, die seine Kapsel angesteuert hatte. Trotz der Wucht des Aufpralls stürzte er langsam, als würde ihn jemand halten. Er blieb schließlich mitsamt seinem Rucksack vor einer Litfaßsäule liegen. Das Letzte, was er vor sich sah, war ein Plakat, das einen Mann mit einem Hut zeigte. Er war jung, und seine blauen Augen schienen ihn leicht spöttisch anzusehen.

Der Engel stöhnte, betrachtete benommen den Mond über sich und überlegte, was als Nächstes zu tun war. Er lauschte. Offenbar war er in einer kleinen Ortschaft gelandet, denn es waren kaum Geräusche zu hören. Gelegentlich fuhr ein Auto vorbei, oder er hörte menschliche Stimmen. In der Straße, in der er sich befand, schimmerte Licht aus einigen der Fenster. Gottlob bin ich unsichtbar, dachte er erleichtert. Es wäre ja auch eine Schande, wenn die Menschen seine blamable Anreise hätten beobachten können.

Er spürte ängstlich in sich hinein. Offenbar war alles in Ordnung. Glück gehabt, danke, lieber Octavio, dachte der Engel.

Zwei Sekunden später war er nicht mehr so überzeugt davon, dass er wirklich Glück gehabt hatte. Er fühlte etwas Unbekanntes, das musste Schmerz sein, den er bislang nur aus Berichten und Aufzeichnungen anderer kannte. Im Himmel gab es keinen körperlichen Schmerz. Und jetzt? Sein Kopf dröhnte. Sein linkes Bein tat weh und sein Brustraum auch, er fühlte sich wie zerschlagen. Höllisch weh tun – die Bedeutung dieses Ausdrucks leuchte ihm zum ersten Mal ein. Große Erschöpfung breitete sich in seinem Körper aus wie eine Flutwelle, und in seinem Kopf drehte sich alles.

Er hob den Kopf, und sein Blick fiel wieder auf das Plakat an der Litfaßsäule. Er betrachtete den abgebildeten Mann genauer. Seine Kleidung – Jeans, eine braune Lederjacke und darunter ein weißes Hemd – erinnerte ihn dunkel an irgendetwas. Außerdem trug der junge Mann einen Hut und hatte durchdringend blaue Augen. Der Engel sah den jungen Mann neugierig an. Er verspürte großes Unbehagen. Irgendetwas stimmte nicht. Er wusste nur nicht, was. Während er noch überlegte, hörte er eine Stimme.

»Griasgood. Schief gelandet, was?«

Der Engel drehte seinen schmerzenden Kopf und sah einen schwarzen Vogel neben sich im Schnee sitzen.

»Servus, Griasgood«, wiederholte der Vogel.

»Ich bin nicht Gott. Ich bin ein Engel. Guten Abend«, sagte der Engel unsicher. Man begrüße alle Lebewesen freundlich, so stand es in seinem Engelhandbuch. »Du bist ein Vogel, richtig?«

»Richtig. Und du ein Engel! Das ist mal ein guter Witz!« Der Vogel flog näher und wiegte seinen Kopf. »Hm, seltsam.

Du siehst jemandem ähnlich, den ich schon mal gesehen habe. Aber lassen wir das. Mir scheint, du kennst dich hier nicht aus, was? Ich bin ein Rabe, meine Spezies gehört zu den vornehmsten Vögeln des Himmels. Und du bist von ziemlich weit oben gekommen, in so einem silbernen, schicken Ding. Ich habe es genau gesehen.«

Der Engel zuckte zusammen. Er hatte angenommen, der Vogel habe seine Anwesenheit nur gespürt, ihn jedoch nicht gesehen. Panik überkam ihn. »Bin ich nicht unsichtbar für dich?«

»Nein, ganz und gar nicht. Auf der Erde ist man nicht unsichtbar. Warum sollte man auch? Das wäre höchst unpraktisch. Außer vielleicht, wenn man auf der Flucht vor bösartigen Katzen ist.« Der Vogel überlegte kurz. »Eine andere Sache ist es, wenn man inkognito reist, also unerkannt bleiben will. Möchtest du unerkannt bleiben?«

Der Engel zögerte. Er war verwirrt. Normalerweise waren Engel unsichtbar und konnten sich mit den Erdenwesen telepathisch verständigen. So hatte er es gelernt. Jetzt war alles ganz anders, und er wusste nicht so recht, was er sagen, geschweige denn, wie er sich verhalten sollte. Noch schlimmer, er hatte keinerlei Vorstellung davon, wie er aussah. Andererseits, hieß es nicht im Engelhandbuch, im Zweifel käme man mit der Wahrheit am weitesten? Und sicher konnte ein gelehrter Rabe die Wahrheit durchaus verkraften. »Weißt du, es ist so. Wir wollen in der Regel unerkannt bleiben, weil es besser ist für unsere Auftragslage, wenn man uns nicht erkennt.«

»Auftragslage? Was bist du? Vertreter?« Der Rabe klang jetzt misstrauisch.

»Ich bin ein Engel.«

Der Rabe krächzte wieder vor Vergnügen und hüpfte aufgeregt im Schnee umher. »Hallo, Servus, junger Engel, wie gäds?«, sagte er amüsiert.

»Sehe ich nicht aus wie ein Engel?«

»Keine Ahnung. Hab noch nie einen gesehen. Für mich siehst du aus wie ein ramponierter Kerl, der vom Himmel gefallen ist. Nette Verkleidung übrigens, diese Westernkluft mit dem Hut. Wie der Typ da auf dem Plakat. Allerdings wäre doch ein Mantel angebracht, möchte ich meinen. Bei diesen Temperaturen. Du wirst dir noch was holen.«

Der Engel musste diese Fülle an Informationen erst einmal verdauen. Er war nicht mehr unsichtbar, sondern sah aus wie ein ramponierter Kerl in Westernkluft. Langsam setzte er sich auf, sein Kopf schmerzte. Er blickte an sich hinunter und strich mit einer Hand über die Lederjacke, die er plötzlich anhatte. Was sollte das bedeuten? Er würde später darüber nachdenken. Jetzt musste er versuchen, aus diesem Kontakt mit dem Raben das Beste herauszuholen.

»Ich bin ein Engel, wenn auch ein noch nicht sehr erfahrener«, sagte er möglichst würdevoll, »und im Augenblick etwas angeschlagen. Du solltest mich nicht nach meiner äußeren Erscheinung beurteilen.«

Der Rabe krächzte wieder. Es hörte sich an wie vergnügtes Gelächter. »Sicher, sicher. Die Zeitungsleute werden sich freuen. Engel haben wir nicht oft in der Gegend. Du kommst wie gerufen, jetzt, wo es auf Weihnachten zugeht. Aber lassen wir das, ich will mich nicht lustig machen über dich, Kleiner. Wir Raben sind bekannt für unsere Toleranz und für unsere Großmut.«

Der Engel merkte, wie er rot wurde. Er schämte sich. Eigentlich sollten ihn Tiere und Pflanzen als himmlisches Wesen erkennen, aber offenbar sah er furchtbar aus und hatte jede engelhafte Ausstrahlung verloren.

Er rappelte sich auf und schwankte dabei leicht. Er versuchte, sich nichts anmerken zu lassen, und klopfte sich den Schnee vom Körper, konnte sich jedoch kaum auf den Beinen halten. Trotzdem ging er tapfer los und bog um die nächste

Ecke. Die Straße war hell erleuchtet, aber niemand war unterwegs. Der Schnee fiel jetzt dichter.

Plötzlich erkannte er sein Spiegelbild in einem Schaufenster, das zu einem Buchladen gehörte. Jeans, weißes Hemd, Lederjacke, Stiefel. Er sah aus wie der Mann, den er auf dem Plakat gesehen hatte. Und da fiel es ihm wieder ein: Engel, die es – aus welch beschämenden Gründen auch immer – nicht schafften, undercover auf die Erde zu gelangen, materialisierten sich zu der ersten menschlichen Gestalt, die sie erblickten. Das war der Mann auf der Litfaßsäule gewesen, wer immer das war. Er konnte nur hoffen, dass er mit diesem Äußeren nicht für zu viel Aufsehen sorgen würde.

Während er sich noch bestürzt betrachtete, hörte er den Raben sagen: »Oh, das ist bemerkenswert. Da ist so ein Licht in deiner Brust, sehr seltsam. Haben Menschen im Allgemeinen nicht. Und Vögel auch nicht. Wobei, natürlich, es mag Rassen geben, irgendwo in fernen Kontinenten, man weiß ja nicht, ich bin zwar weit rumgekommen, aber …«

»Ich sage die Wahrheit, Engel lügen nicht. Aber lassen wir das. Kannst du mir helfen?«

Der Rabe gab so etwas wie ein Hüsteln von sich.

»Ich bin mit unheimlichen Begegnungen nicht weiter vertraut. Aber bitte, vielleicht kann ich dir ja helfen. Wie ich schon sagte, meine Gattung ist tolerant, großmütig, mutig …«

»Das glaube ich ja alles. Hör zu, ich weiß nicht, wo ich bin. Ich weiß nur, dass ich einen Auftrag in Bayern habe. Weißt du, wo das ist?«

»Oh, du bist in Bayern gelandet, aber Bayern ist groß. Wo genau musst du hin?«

Der Rabe machte jetzt, da er helfen sollte, einen geschmeichelten und geschäftigen Eindruck.

»Tja, ich muss nach, also, der Ort heißt, glaube ich …« Der Engel stockte. Sein Kopf dröhnte. Ihm wurde wieder schwindelig. Alles drehte sich. Er lehnte sich an eine Laterne.

Und innerhalb einer Sekunde begriff er: Er hatte den Namen des Ortes vergessen. Er war auf der Erde gelandet und hatte keine Ahnung mehr, wohin er sollte. Geschweige denn, warum er irgendwohin sollte.

Ich habe meine Mission vergessen, dachte er voller Entsetzen. Soviel er wusste, war das noch nie einem Ausbildungsengel passiert. Und er war noch nicht mal ein Ausbildungsengel, sondern hatte sich, eigenwillig und rebellisch, selbst seinen Auftrag erteilt. Den er nun vergessen hatte. Wie erbärmlich!

»Ich glaube, ich habe mich am Kopf verletzt und den genauen Einsatzort vergessen«, sagte er leise und beschämt. Er senkte den Kopf. Bei dem Gedanken, was sein Ausbilder Octavio dazu sagen würde, der gütige, freundliche Octavio, der immer zu ihm gehalten hatte und den er über alles liebte, wurde ihm ganz elend.

»Hm«, sagte der Rabe, »Vergesslichkeit ist allerdings tatsächlich eine dumme Sache. Eine Misere, möchte ich fast sagen. Möglich, dass du eine Gehirnerschütterung hast und nun an Amnesie leidest.« Er hüpfte geschäftig vor dem Engel hin und her. Hier war seine Hilfe gefragt, kein Zweifel.

»Amnesie?« Der Engel hatte das Wort noch nie gehört. Wie sollte er auf der Erde zurechtkommen, wenn schon die Raben schlauer waren als er?

»Das ist, wenn jemand auf den Kopf gefallen ist und alles vergisst. Wenn auch nur für kurze Zeit. So ähnlich habe ich es jedenfalls mal gehört bei einem Gespräch zwischen zwei Ärzten.« Der Rabe war stolz auf seine medizinischen Kenntnisse. »Gehen wir systematisch vor. Ich nenne dir alle großen Städte in Bayern, und du sagst mir, ob du dich erinnerst, klar? Meine geographischen Kenntnisse können sich durchaus sehen lassen.«

Der Engel sah den Raben unsicher an. Er fühlte sich schlecht. »Ich weiß nicht so recht.«

»Also bitte, lass dich nicht so hängen«, sagte der Rabe streng. »Ich gebe mir alle Mühe, dir zu helfen, und du benimmst dich wie eine müde, alte Kartoffel. Hast du denn gar keinen Mumm in den Knochen?«

»Doch«, sagte der Engel und versuchte, tatkräftig zu wirken. Er humpelte weiter vorwärts und spähte so selbstbewusst, wie es ihm möglich war, in die Nacht.

»München, Nürnberg, Regensburg, Augsburg, Passau. Na, klingelt es da irgendwie bei dir?«

Der Engel schüttelte traurig den Kopf. »Nein, diese Namen sagen mir nichts. Vielleicht handelt es sich um eine kleinere Stadt.«

»Aha.« Der Rabe dachte nach. »Freising, Landshut, Bamberg, Memmingen, Wangen, Kempten?«, fragte er hoffnungsvoll.

»Ich weiß nicht«, sagte der Engel. Ihm drehte sich der Kopf von all den Namen. Plötzlich wurde ihm schwarz vor Augen, so dass er sich an eine Häuserwand lehnen musste. »Entschuldige«, sagte er mit klappernden Zähnen.

»Du liebe Güte!«, rief der Rabe. »Nicht sehr belastbar, die heutigen Himmelstruppen! Wenn dich schon so ein kleiner Sturzflug aus den Socken haut, wie soll es dann mit dir weitergehen? Keine Erinnerung und ramponiert wie ein Preisboxer nach dem K. o. Tja, diese Gedächtnisausfälle kommen natürlich von der Kopfverletzung.« Er schnatterte weiter vor sich hin, hüpfte näher heran und reckte seinen Schnabel in die Höhe. »Pass auf, hier um die Ecke ist ein Krankenhaus. Da solltest du hingehen und dich untersuchen lassen. Ich muss jetzt los. Hat mich, äh, gefreut, wenn es auch eine Begegnung der dritten Art war. Alles Gute, Kleiner. Wird schon wieder.« Der Rabe umkreiste ihn noch einmal krächzend und flog in langsamen Kreisen Richtung Norden.

Der Engel winkte ihm schweigend hinterher und fühlte sich furchtbar einsam. Die ganze Aktion war ein riesiger Fehler, dachte er. Servatius wird mich strafversetzen. Wenn ich überhaupt jemals wieder nach Hause komme. Vielleicht war es an der Zeit, jemanden um Hilfe zu bitten. Er sah sich um. Ein Auto bog um die Ecke. »He«, rief er. »He, warte!« Er winkte ungelenk und begann zu laufen. Er rannte um die nächste Ecke, immer dem Auto hinterher. Der Wagen fuhr wegen des Schneegestöbers nicht schnell, machte jedoch keine Anstalten zu halten. Der Abstand zu dem Auto wurde größer, aber er wollte nicht aufgeben und lief weiter.

Deswegen übersah er den kleinen Wagen, der aus einer Nebenstraße kam.

»Mei, du Depp, damischa!«, war das Letzte, was er hörte, bevor er sein Bewusstsein verlor.

# Kapitel 4

Marie und ihre Freundin Eva sprachen über Weihnachtsgeschenke, über die, die sie noch kaufen wollten, und über die, die sie schon gekauft hatten.

»Meine Mutter ist ganz schön anspruchsvoll. Sie will eine Halskette, mein Vater eine grüne Trachtenjacke«, sagte Eva. »Diese Rennerei jedes Jahr wieder. Aber wenn ich meinen Eltern nichts schenke, sind sie beleidigt.«

»Mein Vater sieht Weihnachten ziemlich gelassen, aber meine Tochter natürlich nicht«, sagte Marie. »Sie findet Weihnachten cool. Immerhin habe ich inzwischen die Chance auf ein Geschenk von ihr, das nicht ganz grässlich ist. Als Jennifer noch klein war, bekam ich von ihr schreckliche Geschenke, für die ich mich natürlich jedes Mal überschwänglich bedanken musste.«

Eva kicherte. »Zum Beispiel?«

»Selbstgemalte Kalender. Krumme Tassen und Teller aus Ton. Kugeln, gespickt mit Gummibärchen. Gutscheine, auf denen stand: ›Zwaimahl Zimma aufroimen‹.«

»Und heute?«

»Pinkfarbene Wimperntusche und die neue CD von Lady Gaga oder Emily Handerson, damit ich nicht völlig vertrottele.«

»Na, du bist doch am Puls der Zeit«, protestierte Eva. »Du kennst dich doch super aus in der modernen Popkultur.«

Marie rollte mit den Augen und trank einen Schluck aus ihrem Glas. »Ich glaube, eines Tages verkümmert das Interesse an der glitzernden Popkultur einfach, es verkommt zu einem Rinnsal und trocknet langsam aus«, sagte sie. »Du weißt nicht mehr, wer Lady Gaga ist oder welcher Song sie berühmt gemacht hat. Daran merkst du dann, dass du alt wirst.«

Eva kicherte wieder. »Du bist nicht alt, Marie, du musst nur leider konkurrieren mit deiner Tochter. Und die ist dir natürlich in Sachen Pop haushoch überlegen. Alt ist man erst mit achtundachtzig. Da bleibt uns noch viel Zeit.«

Eva, groß, blond und lebensfroh, war Krankenschwester. Robust an Magen und Gemüt, verfügte sie über einen unerschütterlichen Optimismus, der sie antrieb.

Marie dachte an ihren Vater. »Leider trifft uns das Älterwerden ja unvorbereitet. Es passiert, ob wir es ertragen oder nicht.«

»Ist was mit deinem Vater?«, fragte Eva.

»Nein, er hat demnächst Geburtstag.« Marie erzählte, dass ihr Vater nach einem Besuch beim Arzt gesagt hatte, er fühle sich an manchen Tagen wie ein altes Auto. »Der Motor stottert, die Karosserie hat Dellen und ist schon ziemlich angerostet. Der Doktor hat ihm geraten, sich keine Sorgen zu machen, seine Blutdruckpillen zu nehmen und weniger Bier zu trinken.«

»Was meint dein Vater dazu?«

»Er hat gesagt: ›Die meisten Ärzte sind Idioten. Sie klingen wie Gebrauchtwagenhändler, die so tun, als könnten sie eine alte Kiste wieder flottmachen.‹«

Sie lachten. Dann erzählte Eva von Rolf, dem neuen »tollen Typen«, in den sie verknallt war. Er war ihren Beschreibungen zufolge »sehr gutaussehend, meine Liebe, solche Schultern, solche Hüften«. Eva veranschaulichte mit den Händen die Gardemaße ihres Angebeteten. »Wenn du verstehst, was ich meine.«

Marie nickte. Der Supertyp sah offenbar aus wie eine umgedrehte Pyramide. »Was macht er beruflich?«, fragte sie interessiert. Evas Glück lag ihr am Herzen, gleichzeitig wurde sie sich ihrer Einsamkeit noch stärker bewusst.

»Er ist Eventmanager. Er organisiert Feste aller Art.« Eva strahlte. »Er hat ein gutgehendes Geschäft und will expandieren.« Während Eva von ihrer Eroberung schwärmte, sah Marie sich im Lokal um. Sicher, das Essen war gut gewesen, die Portionen reichlich. Aber: War auch nur ein Mann im Lokal, der sie interessierte? Dem sie einen langen Blick zuwerfen konnte, um zu sehen, wie er darauf reagierte? Nicht so wählerisch sein, ermahnte sie sich. Sei ein bisschen großmütiger. Sie ließ ihren Blick über Männer in ihrem Alter schweifen und über ältere. Manche von ihnen sahen richtig schick aus in ihren engen Kaschmirpullovern, einige wirkten burschikos, sie trugen dicke Sweatshirts oder geschmacklose Blazer. Einige blickten konzentriert in ihre Weingläser, als offenbare sich darin der tiefere Sinn des Lebens, manche hielten sich an ihren großen Bierkrügen fest wie an einem Treppengeländer. Einige der anwesenden Männer waren ziemlich rund, andere durchtrainiert und sehnig. Manche sahen unternehmungslustig aus, andere eher gelangweilt oder ein wenig melancholisch.

Auf der Suche, dachte Marie. Auf der Suche nach jemandem, dessen Leben man teilen wollte. Weil wir alle diesen Wunsch in uns tragen, uns mit jemandem zu verbinden. Weil wir nur so in unserem Dasein Glück finden.

»Und im Bett ist er eine Granate«, flüsterte Eva ihr gerade ins Ohr. Marie dachte an ihr nicht existierendes Sexualleben und fühlte sich einen Moment lang wie ein abgestellter Fernseher.

»He, was ist los? Trinken wir noch was?« Ohne Maries Antwort abzuwarten, bestellte Eva neues Bier für sich und für Marie eine Weinschorle.

»Wir werden auf jeden Fall ein Taxi nehmen«, sagte Marie energisch.

Ein weißhaariger Mann mit stahlblauen Augen fing ihren Blick auf, lächelte sie an und prostete ihr zu. Sie lächelte zurück und schaute dann schnell wieder weg, als sie an seiner Hand einen Ehering entdeckte. Sie wollte keine Affäre mit einem verheirateten Mann. Um keinen Preis der Welt wollte sie Jennifer eine heimliche Liebe zumuten, mit nächtlichen Besuchen und hektischen Aufbrüchen in der Früh. Und sie wollte es auch nicht um ihrer selbst willen, sie musste ihr eigenes, verwundetes Herz schützen. Es war jetzt fünf Jahre her, dass Maries Mann mit einer anderen Frau auf und davon gegangen war. »Die Liebe kommt, die Liebe geht«, hatte er damals lapidar gesagt und war nicht nur aus Maries und Jennifers Leben verschwunden, sondern ganz aus Deutschland. Er lebte und arbeitete jetzt als Flugzeugingenieur in Japan, und Jennifer und er sahen sich meist nur einmal im Jahr.

Marie riss sich zusammen. Sie wollte jetzt nicht an ihren Exmann denken. Sie nippte an ihrer Schorle und hörte weiter Evas Ausführungen zu, die sich um den wundervollen Eventmanager drehten. Eva, so viel stand fest, war verknallt wie ein Schulmädchen. Entfernt konnte sich Marie an diesen Zustand erinnern. Wissenschaftler nannten den Zustand des Verliebseins »temporäres Irresein«, und tatsächlich wirkte Eva ziemlich durchgeknallt. Sex, dachte Marie. Er setzt vorübergehend den Verstand außer Kraft. Das würde mir sicher auch mal wieder ganz guttun.

»Vielleicht hat er einen Freund, den ich dir vorstellen kann«, sagte Eva großzügig. Marie lächelte. »Ich freu mich für dich, Eva, ehrlich!«

Es war gegen elf, als sie sich ein Taxi nahmen und kichernd und zufrieden nach Hause fuhren. Eva setzte Marie vor deren Haus ab und winkte, während der Wagen langsam im Schnee davonrollte.

Marie schloss die Haustür auf und sah, dass in der Küche noch Licht brannte. Sie horchte in der Diele. Ihr Vater sprach mit irgendwem. Friedl vielleicht? Oder ein anderer später

Besucher? »Papa?« Sie rief leise, weil sie Jennifer nicht wecken wollte. Keine Antwort. Entschlossen öffnete sie die Tür.

Vor dem Ohrensessel standen Willi und sein Hund. Willi sah verwirrt aus, sein Dackel ebenfalls. Im Sessel lag ein junger Mann.

»Was ist da los auf d'Nochd, Papa?«, fragte Marie. Sie verfiel manchmal ins Bayrische, wenn sie nervös war.

Willi antwortete nicht. Er schnaufte nur, und Marie hatte den Eindruck, dass er nicht nur durcheinander, sondern auch ziemlich betrunken war. Der Mann, der da leblos im Sessel lag, kam Marie vage bekannt vor. Augenscheinlich ging es ihm nicht gut. Ganz sicher war er am Kopf verletzt. Aber wie schwer? Marie kriegte es mit der Angst zu tun. Was hatte ihr Vater da nur angerichtet?

»Is mir pfeilgrad vorn Wagen g'laufn«, sagte Willi schließlich. »I war no unterwegs und hab a Musi gemacht mit'm Friedl.« Marie hörte sich seine Beichte mit unbewegter Miene an. Ihr Vater mochte noch so viele Ausflüchte machen und nach Entschuldigungen suchen, für sie war die Sache klar. Ihr Vater hatte sich betrunken ins Auto gesetzt und diesen armen Menschen über den Haufen gefahren. Und weil Willi seinen Führerschein nicht riskieren wollte, hatte er weder die Polizei geholt noch einen Arzt. Ihr schwindelte. Sie dachte an ihren Job. Was, wenn jemand ihren Vater beobachtet hatte und es der Zeitung meldete? Was, wenn der junge Mann nicht mehr gesund werden würde?

»Papa, wie konntest du nur?« Marie sah ihren Vater wütend an und wechselte dabei, als wolle sie sich von ihm distanzieren, wieder ins Hochdeutsche.

»Des ist nix Schlimms, des wois i gwiss. A leichte Kopfblessur. I hob eam glei in Wagen nei und doher bracht. Mir schaun nach eam. Der wird sich scho wieder berappln«, sagte Willi. Er sah seine Tochter schuldbewusst an. Der junge Mann öffnete kurz die Augen und stöhnte.

»Ja, wo kimmsdn hea und wia hoasdn?« Willi sprach leise und behutsam. Der Mann rührte sich nicht, stattdessen sprühten auf einmal goldene Funken um ihn herum.

»Lieber Himmel!«, rief Marie erschrocken.

»Ja mei, so a Bazi!«, sagte Willi. Die Funken verglühten wie Wunderkerzen.

»Jesses, Maria un Josef, hos du des gsehn?« Willi war mit einem kleinen Satz zurückgesprungen, und Alex bellte erschrocken.

Eine Minute lang sagten weder Marie noch Willi ein Wort. Schließlich riss Marie sich zusammen. Sie beugte sich über den jungen Mann und fühlte seinen Puls. Die Funken hatten ihr Angst gemacht, aber jetzt musste diesem Unbekannten geholfen werden. »Er ist ausgekühlt. Wir müssen ihn aus diesen nassen Sachen rausholen. Los! Hilf mir!«

»I?«

»Wer sonst? Schließlich hast du ihn angefahren.«

Ihr Vater grummelte irgendetwas von »Depp« und »einfach ins Auto gelaufen«, doch er gehorchte und zog dem unwillkommenen Gast Schuhe, Hose und Jacke aus.

»Papa, er kann hier nicht in Unterwäsche rumsitzen. Hol einen Schlafanzug! Schnell!«

Mit vereinten Kräften zogen sie dem Fremden einen karierten Schlafanzug über, der ihm viel zu groß war.

»Hatte er keinen Mantel an?«

Willi schüttelte den Kopf. »Na, nur a Lederjoppen. Und an Hut hat er aufghabt. Schaut aus wie der Kerl auf dene Plakaten, die do owei ind Stadt rumhänge.«

Er hat recht, dachte Marie. Deshalb kommt er mir so bekannt vor. Sieht aus wie dieser Typ, dessen Filme vor kurzem in einer Retrospektive gelaufen waren. Er war berühmt. Wie hieß er doch gleich? »Egal.« Marie wedelte ungeduldig mit der Hand. »Ich werde ihm etwas Warmes zu trinken machen.«

Behutsam deckte sie ihn mit der dicken Wolldecke zu, die Willi gern über seine Knie legte.

»Mei Decken, muss des sei?«

»Er ist ganz kalt. Jetzt hab dich nicht so.« Marie knipste das Licht über dem Herd an und entschied, Hühnerbrühe warmzumachen.

Der Engel lag reglos und war zu Tode erschöpft. Er überdachte seine Lage. Sein törichtes Herzlicht, er konnte es nicht mehr kontrollieren, es würde ihn womöglich verraten. Von Marie, da war er sich sicher, drohte keine Gefahr, jedenfalls vorläufig nicht. Bei dem alten Mann war er nicht so sicher. Er verstand kaum ein Wort dessen, was die beiden sagten. Sie sprachen mit fremden Zungen, ziemlich unverständlich. Doch sie hörten sich nicht bösartig an.

Trotz seines Zustands war er fähig, die Gedanken und Gefühle der Menschen intuitiv zu erfassen. Bei Marie spürte er Anteilnahme, Mitgefühl und Fürsorge, aber auch leichte Panik. Bei Willi spürte er Verwirrung und so etwas wie Schuldgefühle. Auch verströmte er einen eigentümlichen Geruch, den er nicht kannte.

Beherzt öffnete er die Augen und beschloss, die beiden anzusprechen: »Fürchtet euch nicht!«

Marie zuckte zusammen. »Wie bitte? Was hat er gesagt?« Willi sagte nichts, sondern sah den Fremdling nur an.

»Fürchtet euch nicht«, wiederholte der Mann mit matter Stimme. »Ich bin in guter Absicht gekommen.« Er holte tief Luft. Das Sprechen fiel ihm schwer. »Es tut mir so leid. Ich bin von weit her gekommen. Ich war unterwegs, und dann plötzlich, jedenfalls, bin ich abgekommen und verloren, ganz und gar …« Er schloss die Augen wieder und murmelte einige zusammenhanglose Worte.

»Ja mei, ganz ruhig«, sagte Willi. »Für Schauergschichten is später no Zeit.«

»Hühnersuppe«, sagte Marie energisch. »Hühnersuppe wärmt den Körper und ist gut für die Seele.« Es kam ihr vor, als rede sie sich selbst gut zu. Was, wenn der Fremde innere Verletzungen hatte? Wäre es nicht besser, einen Arzt zu holen?

»I woas net. Mitten in der Nacht?« Willi war natürlich dagegen. Er saß am Küchentisch und ließ den Verletzten nicht aus den Augen. Er wirkte wieder nüchtern, wie Marie grimmig feststellte.

Marie wusste, dass man beruhigend einreden sollte auf Leute, die unter Schock standen, und der Fremde sah ihr ganz danach aus. Also begann sie in einem einlullenden Singsang vor sich hinzumurmeln, Sätze wie »Nur keine Aufregung« und »Das wird schon wieder«. Während die Hühnerbrühe heiß wurde, untersuchte sie behutsam und sorgfältig seinen Kopf. Sie fand eine mit Blut verkrustete Stelle am Hinterkopf. Obwohl sie eigentlich Worte des Trostes finden wollte, entfuhr ihr ein »Das sieht ja gar nicht gut aus«, doch der Fremde schien sie nicht zu hören. Er war offenbar schon wieder bewusstlos. Marie reinigte die Wunde, desinfizierte sie und legte dem Verwundeten recht und schlecht einen Verband an.

Nach wenigen Minuten schlug der Besucher die Augen wieder auf. »Ich bin in geheimer Mission unterwegs«, murmelte er. »Mehr darf ich nicht verraten. Bin ganz fremd hier, bin ohne ...« Er brabbelte weiter vor sich hin, seine Stimme wurde leiser, er schien völlig vergessen zu haben, dass er nicht allein war.

»Der red so komisch. Der is net von hier. Sicher a Ausländer.«

»Quatsch!« Marie funkelte ihren Vater erbost an. »Es gibt durchaus Leute, die Hochdeutsch sprechen und in Bayern leben.«

Der Engel schlug die Augen wieder auf und seufzte. Marie begann, ihm löffelweise Suppe einzuflößen, doch es war ihr unangenehm, einen erwachsenen Mann zu füttern. »Hilf mir mal!«, fuhr sie ihren Vater an. Sie zogen ihn hoch und stopften ihm einige Kissen in den Rücken. Dann hielt Marie ihm die dampfende Schale mit Suppe hin, als wollte sie einen streunenden Hund anlocken.

»Vielen Dank«, meinte der Fremdling, lächelte matt und begann, seine Suppe zu löffeln. »Köstlich«, sagte er nickend. »So etwas Leckeres haben wir da nicht, wo ich herkomme.«

Marie betrachtete ihn schweigend. Seine Augen flackerten und versuchten, sich an ihrem Gesicht festzuhalten. Er wirkte sehr schwach. Und irgendwie seltsam alterslos. Einerseits hatte er die Unschuld eines Kindes, andererseits umgab ihn etwas Erhabenes, wie es nur alte, weise Leute hatten. Augen, blauer als der Junihimmel, dachte Marie. Sie lächelte. »Tut es Ihnen irgendwo weh?« Sie gab sich große Mühe, deutlich zu sprechen. Er schien zu überlegen. Vielleicht hatte er sie aber auch nicht verstanden. Vielleicht war er doch ein Ausländer, wie ihr Vater vermutet hatte. Aber nein: »Kann ich bitte noch etwas von diesem wunderbaren Getränk bekommen?«, fragte der Fremde nun höflich und in klarem Deutsch.

Marie nickte, reichte ihm eine weitere Schale mit Hühnersuppe und setzte sich. Sie wartete in Ruhe ab, bis ihr Gast seine zweite Portion Suppe gelöffelt hatte. »Wo kommen Sie denn her?«

»Ja, also, ich komme von oben. Und ich hatte einen Unfall.«

»Allerdings.« Marie nickte und warf ihrem Vater einen strengen Blick zu. Willi sah betreten aus.

»Ich bin auf meinen Kopf gefallen. Mir ist schwindlig. Tut mir sehr leid, wenn ich ungelegen komme. An mehr kann ich mich nicht erinnern.«

Marie lächelte beruhigend. Er war auf den Kopf gefallen, das erklärte ja einiges. »Er bleibt erst mal hier. Und morgen werden wir weitersehen. Du bleibst hier bei ihm, und wenn etwas ist mit ihm, dann weckst du mich, verstanden?«, sagte sie zu Willi.

»Is goad.«

Dass ihr Vater ausnahmsweise einmal keine Widerworte gab, befriedigte Marie zutiefst.

# Kapitel 5

Der Engel wachte auf und blickte in der Küche umher. Es dauerte eine Weile, bis er sich orientieren konnte. Vom Sofa her hörte er ein leises Schnarchen. Das konnte nur der alte Mann sein. Vor dem Sofa lag der Hund. Er schüttelte die dicke Decke ab und richtete sich auf. Sein Kopf tat ihm weh. Er tastete kurz nach dem Verband, seufzte und sah in die Nacht hinaus. Dann hörte er ein Jaulen, und kurz darauf stieß der Hund seine herunterhängende Hand mit der Schnauze an. Er hatte keinerlei Erfahrung mit Hunden, also musste er vorsichtig sein. Andererseits war zu viel Vorsicht vielleicht fehl am Platz. Er wollte keinesfalls die Gefühle des Hundes verletzen. Und schließlich waren die Menschen, die er bisher getroffen hatte, sehr freundlich und hilfsbereit gewesen. Wieso sollte es bei Hunden anders sein?

Alex beobachtete ihn interessiert und jaulte ein wenig. Der Engel deckte sich wieder zu, und der Hund sprang auf die Decke. Er streichelte ihn und sagte: »Du bist ein schöner Hund, weißt du das?« Alex leckte seine Hand ab und schien ihn anzugrinsen.

Offenbar versteht er mich, dachte der Engel und zauste dem Hund die Ohren. Doch plötzlich hielt er inne. An vieles konnte er sich nicht erinnern, an anderes aber durchaus. Leider.

Was, um Himmels willen, wollte er auf der Erde? Er wusste noch, dass er aufgebrochen war, um etwas Wichtiges zu erledigen. Dabei war einiges schiefgegangen, das war offensichtlich. Er hätte körperlos reisen sollen, aber nun lag er hier und hatte einen Körper, und zwar einen, der sich verwundet anfühlte.

Ich bin auf den Kopf gefallen, dachte er. Richtig schwer aufgeschlagen. Ich bin vor ein Auto gelaufen. Das weiß ich noch. Aber – alles – andere – habe – ich – vergessen.

Er sah sich suchend um. Neben dem Sessel, auf der Fensterbank lag sein Engelhandbuch. Es musste aus dem Rucksack gefallen sein. Er blätterte darin, konnte aber weder einen Marschbefehl noch eine genaue Aufgabenbeschreibung finden.

Er grübelte vor sich hin, doch alles, was seinen Auftrag betraf, war wie ausgelöscht. Halblaut sprach er vor sich hin, als würde er Alex gegenüber die Beichte ablegen. »Ich bin ein junger Engel, nicht mächtig und erhaben wie die Erzengel, nicht so prächtig wie Octavio, mein Ausbilder. Genau genommen gehöre ich zu den namenlosen Engeln. Einen Namen erhalten nur die Lehrengel, die sich auf der Erde bewährt haben.« Während Willi auf dem Sofa weiterschnarchte, hörte Alex aufmerksam zu.

»Du hast sicher einen Namen«, fuhr der Engel fort. Er konnte sich allerdings auch nicht an den Namen des Hundes erinnern. »Bei uns ist es ein wenig komplizierter. Bislang bin ich unter den Millionen und Millionen von himmlischen Heerscharen nur Engel Nummer neunzehn.« Er seufzte wieder und streichelte, wie um sich selbst zu trösten, den Hund. Engel haben, auch wenn das nicht sehr bekannt ist, durchaus Gefühle, und Engel Nr. 19 sehnte sich im Grunde seines Wesens danach, endlich dazuzugehören. Endlich in die Gruppe aufzusteigen, die zu Ruhm und Ehre des Herrn beitrug. Alex rollte sich auf seiner Brust zusammen und spitzte die Ohren, als verstünde er jedes Wort.

»Man hört schreckliche Dinge über die Menschen und das Leben auf Erden. Im Engelhandbuch steht so allerlei. Trotzdem gibt es Engel, die sich darum reißen, so oft wie möglich zum Einsatz zu kommen. Ich fühle mich verloren, so fern meiner Heimat. Und wenn mein Gedächtnis nicht wiederkehrt, werde ich meinen Auftrag nicht erfüllen können und Octavio womöglich enttäuschen.«

Er überlegte, ob er Alex von seinem Leid berichten sollte, fand es dann aber besser, sich nicht die ganze Zeit über zu beklagen. Der Hund bekäme letztlich einen schlechten Eindruck von ihm. Und ihm lag daran, einen guten Eindruck zu machen – auf Mensch und Hund. Engel Nr. 19 seufzte. Während er Alex hinter den Ohren kraulte, überlegte er fieberhaft, wie sein Auftrag wohl lautete. Sicher sollte er einem bestimmten Menschen helfen. Nur welchem? Und womit? Er griff wieder nach seinem Engelhandbuch und begann hektisch zu blättern. Das Handbuch enthielt einige grundsätzliche Regeln und Betrachtungen zum Thema Erdenausflüge.

Einige Seiten widmeten sich dem Freistaat Bayern, seinen Bewohnern und ihren Besonderheiten. Über sie hieß es lediglich, es handele sich »um die übliche Ansammlung von Menschen wie überall auf dem Planeten. Nur dass sie gern und reichlich Bier trinken, ja, sie haben sogar eigens Gärten dafür angelegt. Dort sitzen sie dann auf langen Bänken und schwenken riesige Krüge. Als spezielle Bayernsnacks, dort Schmankerln genannt, gelten beispielsweise Schweinshaxen, Weißwürste und Butterbrezn, als bayrischen Nationallook trägt man fesche Dirndl und Lederhosen«.

Von allen Spezialitäten gab es bunte Abbildungen, und der Engel hatte fest vorgehabt, wenigstens eine davon seinem Ausbilder Octavio mitzubringen. Aber so wie jetzt die Dinge standen, würde er es nicht wagen, ihm mit Lederhosen oder Weißwürsten unter die Augen zu treten, wenn er seinen Auftrag verpatzt hatte.

»Ein Engel hat sich immer und überall vorbildlich zu betragen«, las er weiter im Handbuch. Typisch für Oberengel Servatius, der das Handbuch verfasst hatte. Er war manchmal etwas spröde in seiner Ausdrucksweise. Unter Anmerkungen stand: »Renitenz und Anarcho-Allüren sind unbedingt zu vermeiden! Sonst droht sofortige Zurückbeorderung!« Nr. 19 überlegte, auf welche Weise er durch Renitenz und Anarcho-Allüren seine Zurückbeorderung erreichen könnte. Andererseits: Er wollte nicht abberufen werden, ohne seine Aufgabe erfüllt zu haben.

Er erinnerte sich an die Gespräche, die er mit Octavio geführt hatte, wenn dieser ihm von seinen Erdeneinsätzen erzählte. »Lächeln«, hatte er gesagt, »den Menschen freundlich zulächeln ist sehr hilfreich. Zu viel lächeln allerdings irritiert die Menschen, es ist nicht üblich auf Erden. Wer zu viel lächelt, wird schnell für merkwürdig gehalten. Sie sagen dann hinter deinem Rücken: ›Der ist nicht ganz dicht.‹ Also musst du manchmal auch streng gucken.«

»Lächeln und streng gucken. Was noch?«

»Ansonsten sind Tiere und Pflanzen gute Informanten. Mit ihnen kannst du dich telepathisch verständigen.« Damals hatte Octavio kurz gezögert. »Na ja, meistens jedenfalls.«

Meistens heißt ja wohl: keinesfalls immer, dachte Nr. 19 jetzt. Tiere und Pflanzen als Ratgeber, das erschien ihm eigenartig, obwohl er im Handbuch schon darüber gelesen hatte und sich ja auch, wie ihm wieder einfiel, mit einem Raben unterhalten hatte. Komisch, dachte er jetzt, während er Alex seine Sorgen mitteilte. An vieles erinnere ich mich. Genau genommen erinnere ich mich an fast alles, was Octavio mir erzählt hat. Wieso nicht an meinen Auftrag?

Er wusste sogar noch, dass Octavio ihm, bei aller Begeisterung für seine Einsätze bei den Menschen, die Schattenseiten nicht verschwiegen hatte. Er sprach, wenngleich mit betont sorgloser Stimme, über die Mühen des Erdendaseins, die Schwerkraft, der man sich beugen müsse, das Eingesperrtsein in einem schwerfälligen Körper, der überdies verletzlich war und anfällig, er erwähnte das umständliche Erlernen so vieler nutzloser Tätigkeiten – Dinge wie Golfspielen etwa oder

Autofahren, Rasenmähen oder Schneeschippen. Wer diese Dinge nicht beherrschte, fiel schnell auf. Tja, dachte Engel Nr. 19, da gerade Schnee lag in Bayern, sollte ich so bald wie möglich lernen, Schnee zu schippen.

Er erinnerte sich, dass Octavio noch andere irdische Tücken erwähnt hatte. Immerzu müsse man aufpassen, nicht für sonderbar gehalten zu werden, weil man die neuesten Fernsehserien und Filme nicht kannte und Namen wie Robbie Williams, George Clooney oder Clint Eastwood noch nie gehört hatte.

»Sich mit diesen Herrschaften auszukennen«, erklärte Octavio, »ist nicht einfach für uns, da man sich als Engelwesen, sofern man nicht gerade auf der Erde weilt, wenig mit Fernsehen, Kino und all dem lärmenden Geschrei beschäftigt, das den Menschen als Zeitvertreib dient.«

»Welchem lärmenden Geschrei?«

»Die Menschen nennen es Rock- und Popmusik«, erklärte Octavio. »Junge Männer oder auch Frauen, manchmal sind sie sogar zu fünft, stehen auf einer Bühne und schütteln sich zu lauter Musik, die aus ihnen selbst und aus ihren Musikkästen herauskommt. Du wirst es sicher eines Tages erleben, vielleicht gefällt es dir. Mir war es immer zu laut, und die vielen Mädchen, die dabei in Ohnmacht fielen, machten mich nervös. Aber ich bin gern ins Kino gegangen. Einige Filme haben mir sehr gut gefallen. Zum Beispiel die von Clint Eastwood. Moralisch sind sie nicht ganz einwandfrei für uns Engel, aber dafür unterhaltsam. ›Für ein paar Dollar mehr‹ und die vielen Folgen von ›Dirty Harry‹ gefallen mir recht gut. Solltest du jemals auf der Erde arbeiten, musst du sie dir unbedingt ansehen.«

Engel Nr. 19 hatte genickt und in seinem Handbuch unter »Kino« nachgeschlagen. Über einen »Dirty Harry« stand dort nichts. Typisch. Wenn Octavio etwas befürwortete, würde es Servatius sicher nicht aufnehmen ins Engelhandbuch.

»Was ist mit Filmen von einem gewissen Jean-Luc Godard?«

»Stinklangweilig, wenn du mich fragst. Halt dich lieber an Luc Besson und seinen Film ›Das fünfte Element‹. Sehr aufschlussreich. Godard habe ich nie so richtig verstanden. Als Filmemacher muss man ihn eigentlich nur kennen, wenn man einen Einsatz in Frankreich hat.«

Während er wehmütig seinen Gedanken nachhing, fiel ihm ein, dass Octavio mal erwähnt hatte, dass Engel sich in einer Art Blitzdialog mit Bäumen und Pflanzen austauschen konnten. Das klappe meistens sogar ohne Worte, sagte Octavio, und habe sich häufig bewährt, weil in fast jedem Raum eine Topfpflanze stehe, zu der man Kontakt aufnehmen könne, wenn man schnell etwas wissen müsse. »Die schauen den lieben langen Tag Fernsehen und sind deshalb sehr gut informiert«, erklärte Octavio.

Allerdings erlebte man auch da Überraschungen. Octavio gestand, nicht alle Pflanzen seien hilfsbereit, manche sogar ein wenig heimtückisch. So wollte ein gemeiner Meerrettich Octavio während eines Sommerfestes nicht verraten, welche Fußballmannschaft gerade die Europameisterschaft gewonnen hatte. Blamabel war das gewesen – es wäre noch gegangen, wenn Octavio als Frau unterwegs gewesen wäre, aber ein Mann, der sich nichts aus Fußball machte, das war ganz und gar verdächtig. Schließlich hatte ein Rosenstrauch Octavio aus der Patsche geholfen und ihm auch noch die Namen der besten Spieler verraten.

Engel Nr. 19 sah sich nach einer Topfpflanze um und entdeckte ein ziemlich zerzaustes Exemplar auf dem Regal über dem Sofa. »Hallo, du da. Kannst du mich verstehen?«

Er lauschte, hörte jedoch nichts. »Hallo, grüne Pflanze, kannst du mich verstehen?«

Dann vernahm er ein unfreundliches Brummen. Offenbar war die Topfpflanze nicht zu einem Plausch aufgelegt.

»Erfahrung mit Gummibäumen?«, tönte es plötzlich streng vom Regal. Der Engel schüttelte den Kopf. Er hatte mit nichts Erfahrung.

»Bringt man euch denn gar nichts bei?« Die Stimme der Topfpflanze klang entrüstet. »Man kann euch doch nicht so einfach auf die Erde schicken, ohne genaue Gebrauchsanweisung für Gummibäume, Tiere und Menschen. Das ist unverantwortlich, wenn du mich fragst.«

»Aber die Menschen werden mir doch helfen. Ich meine, wenn ich ihnen sage, wer ich bin?«

»Ach, die Menschen. Sie sind nicht sehr hilfsbereit. Und bayrische Menschen sind erst recht speziell.« Das grüne Gewächs schüttelte sich mit großer Entschiedenheit. »Guck ihn dir an, diesen Willi. Jetzt liegt er hier auf dem Sofa und schnarcht. Tagsüber ist er ein alter Grantler, sitzt in seinem Sessel und denkt über einen Toaster nach. Kippt den ganzen Tag Bier in sich hinein und vergisst, mir etwas zu trinken zu bringen. Findest du das etwa in Ordnung?«

»Ich werde dir Wasser bringen, sobald ich aufstehen kann.«

Der Gummibaum nickte kurz. »Wäre echt ein feiner Zug von dir. Und willst du einen Rat? Ich hab da so einiges mitgekriegt, was du dem Hund erzählt hast, dieses Engelszeug und so weiter. Es ist besser, du sagst niemandem etwas und verschwindest so schnell wie möglich wieder. Kann ja sein, du hältst dich wirklich für einen Engel. Die Leute halten sich für alles Mögliche. Bitte sehr, Willi hält sich für einen Erfinder. Mir egal. Dummerweise siehst du nicht aus wie ein Engel, außerdem bist du auf den Kopf gefallen und hast dich verletzt.«

Der Gummibaum hatte recht, daran war nichts zu rütteln.

»Also, von dieser Engelgeschichte würde ich dir dringend abraten. A Schmarrn is des, werden Willi und Marie sagen, versteht du?«

»Schmarrn?

»Unsinn, Quatsch, Schmarrn eben. Wer Schmarrn erzählt, kriegt meist noch mehr Ärger. Das kannst du im Moment nicht brauchen.«

»Was ist mit meinem Bruststrahlen, meinem Erkennungslicht?«

»Was soll damit sein? Hab davon noch nichts bemerkt.«

Der Engel seufzte schwer. Wenn er jetzt auch noch seine Strahlen verloren hatte, was dann? »Was rätst du mir?«

»Nichts. Oder, eins vielleicht doch: Halt dich an Marie. Sie ist die einzig Vernünftige hier im Haus. Und vergiss mein Wasser nicht, verstanden? Sonst kannst du dich demnächst wieder mit dem Hund unterhalten.«

Der Engel konzentrierte sich auf sein Herzlicht und sah ein leichtes Glimmen. Gott sei Dank, das Licht war noch da, wenn auch nur schwach. Was hatte die Pflanze denn erzählt? Wollte sie sich über ihn lustig machen, oder hatte sie vielleicht einen Sehfehler? Oder hatte sein Engelslicht durch den unsanften Aufprall auf der Erde einen Wackelkontakt bekommen?

Dann wandte er sich an den Hund. »Du sprichst gar nicht zu mir, jedenfalls empfange ich nichts. Habe ich dich gelangweilt?«

Alex jaulte ein bisschen und schüttelte den Kopf. Dann lief er zu einem kleinen grauen Kasten und bellte kurz. Engel Nr. 19 stand vorsichtig auf. Er fühlte sich steif, und das Gehen bereitete ihm Mühe, aber er konnte sich auf den Beinen halten. Dann kann ich ja gleich mein Versprechen erfüllen, dachte er und humpelte zum Wasserhahn. Er kippte eine halbe Tasse Wasser in den Blumentopf des Gummibaums. »Reicht das?«

»Danke, das reicht fürs Erste«, brummte die Pflanze schläfrig. Dann ging der Engel neugierig zu dem Kasten, vor dem Alex stand und mit dem Schwanz wedelte. Auf dem Kasten lag eine Zeitschrift mit vielen bunten Bildern und Beschreibungen von Abenteuern. Der Engel blätterte und staunte. »Hier prophezeit jemand schon ganz genau, was am Donnerstag um zwanzig Uhr passieren wird«, sagte er leise. »Welche prophetische Kraft!« Er hatte keine Schwierigkeiten, die Erdenschrift zu lesen. Am Mittwoch, stellte der Engel fest, sollte ein gewisser Clint Eastwood auftreten. Ah, erinnerte er sich, von dem hat mir doch Octavio erzählt. Demnach handelte es sich also nicht um Prophezeiungen über Erdenabenteuer, sondern um Filme. Der Mittwochsfilm war zufällig einer der Lieblingsfilme von Octavio: »Für ein paar Dollar mehr«.

Das ist ein Zeichen, dachte der Engel. Ein Zeichen, extra für mich. Ich soll optimistisch sein statt verzagt. Ich soll Gottvertrauen haben.

Der Engel fühlte sich nun ruhiger, setzte sich wieder in Willis Ohrensessel zurück und sah aus dem Fenster. Draußen fiel der Schnee weiter in dicken Flocken auf die Erde, und es dämmerte bereits.

# Kapitel 6

Das Schrillen des Telefons riss Marie aus dem Schlaf. Sie fühlte sich übermüdet und verkatert, und gleich fiel ihr wieder diese seltsame Geschichte ein, der Unfall ihres Vaters, der verletzte Fremde … Das Telefon auf ihrem Nachttisch klingelte unbarmherzig weiter. Marie stöhnte und nahm den Hörer ab.

Es war Tante Agathe. Zu Maries Leidwesen liebte Tante Agathe frühmorgendliche Anrufe. Natürlich, dachte Marie, könnte sie auch eine Tasse Tee trinken, um ihren Kreislauf in Schwung zu bringen. Aber anderen Leuten die Ohren abzuquatschen fand sie offenbar anregender.

»Hallo, Marie, meine Liebe, hast du schon gesehen, es hat die halbe Nacht geschneit. Wie schön, dass du zu Hause bist«, orgelte Tante Agathe ins Telefon.

Lieber Himmel, wo sollte ich wohl sonst sein, morgens um sieben Uhr?, dachte Marie. »Servus, Tante Agathe«, sagte sie müde und schob den Hörer ein Stück von ihrem geplagten Ohr weg.

Tante Agathes Stimme glich einer Sirene, die auf und ab schrillte.

»Du bist doch sicher schon wach. Was, du liegst noch im Bett? Ich dachte immer, ihr jungen Frauen hättet nichts weiter im Kopf als eure Karriere.«

»Zu dieser Art von Frauen gehöre ich nicht«, sagte Marie und hielt den Telefonhörer noch weiter von ihrem Ohr weg. »Und so jung bin ich auch nicht mehr.«

»Nun, wie dem auch sei. Ich würde gern mit dir über deinen Vater reden, meine Liebe. Er beträgt sich äußerst seltsam, seit er mit seinen Erfindungen nicht weiterkommt, verstehst du? Ich fühle mich für ihn verantwortlich, wo er doch so ganz ohne Halt ist. Ich meine, seit dem Tod deiner Mutter.«

Der Tod ihrer Mutter war Jahre her, und Marie war der Meinung, dass ihr Vater keineswegs ohne Halt war, nicht zuletzt kümmerte sie sich um ihn. Natürlich nicht so, wie sich das Tante Agathe und einige andere Damen vorstellten. Tante Agathe war eine Cousine des Vaters und hatte zeit ihres Lebens an ihm herumerzogen.

Marie wusste, dass manche Menschen ihren Vater für eigentümlich hielten, aber das war nichts, was sie mit Tante Agathe besprechen wollte. Schon gar nicht nach dem, was letzte Nacht passiert war. Sie dachte an das Unfallopfer, und ihr wurde ein wenig bang ums Herz. Doch sie war sicher, dass ihr Vater Wort gehalten und die Nacht über bei dem Fremden geblieben war.

»Willi hat ja bald Geburtstag«, sagte Tante Agathe. »Ich möchte eine kleine Soirée amicale veranstalten, meine Liebe. In meiner Beletage. Mit ihm als Ehrengast. Anlässlich seines Geburtstages. Er wird achtundsechzig Jahre alt. Falls du das vergessen haben solltest.«

Trotz ihres Brummschädels wusste Marie, wie alt ihr Vater war. Sie wusste auch, dass der Geburtstag bevorstand, hatte bereits mit ihrem Vater gesprochen und wies Tante Agathe freundlich darauf hin.

»Natürlich, meine Liebe. Aber wegen der vielen Feierlichkeiten, die zu Weihnachten und Silvester fällig sind, wollte ich euch meine Räumlichkeiten anbieten«, schnatterte Tante Agathe aufgeregt. Marie hatte Sorge, Jennifer könnte von dem Telefonat geweckt werden, und sprach unwillkürlich leiser.

»Was schwebt dir vor?«

»Nur ausgesuchte Gäste. Würdest du bitte eine Einladung entwerfen, meine Liebe? Die dazu erforderlichen Angaben bringe ich dir heute Nachmittag in die Redaktion. Damit du es auch genau so machst, wie ich mir das vorstelle, und damit …«

»Nicht in die Redaktion«, sagte Marie schnell. »Ich habe heute viele Termine. Fax sie mir lieber, und wenn etwas unklar ist, reden wir noch mal darüber.«

Außerdem ist es doch sein Geburtstag, oder?, dachte sie. Aber mit Tante Agathe führte man keine Debatten. Man ergab sich, am besten kampflos. Das war jedenfalls die Strategie, die die meisten Leute wählten. Marie beschloss, ihren Vater auf jeden Fall von dieser für ihn geplanten Soirée amicale in Kenntnis zu setzen. Wer könnte schon etwas haben gegen einen Abend unter Freunden? Es müssen eben nur wirkliche Freunde sein. Was das anging, das wusste Marie, war ihr Vater ziemlich eigen. Er lebte eher zurückgezogen, vertrieb sich die Zeit mit Herrgottsschnitzerei und tüftelte gern an Erfindungen herum. Gut, man konnte darüber streiten, ob die Welt einen singenden Toaster oder einen selbstreibenden Gemüsehobel brauchte. Die meisten seiner Erfindungen waren zwar originell, aber ziemlich versponnen. Na und?

Er würde seinen Geburtstag wahrscheinlich gar nicht feiern wollen, weil er einfach nicht gern im Mittelpunkt stand. Wenn Jennifer und sie ihn zum Essen ausführten, wäre es etwas anderes. Aber Tante Agathe? Marie konnte sich lebhaft vorstellen, wen Tante Agathe einladen würde. Und da leierte sie die Namen auch schon herunter: »Also, natürlich kommt die alte Frau Esterhazie, die immer diese grässlichen Hüte aufsetzt, und die Hadermeyers werde ich natürlich auch einladen. Nette, reizende, kultivierte Leute. Und Graf Rockwitz und seine neu Angetraute werde ich wohl auch bitten müssen, obwohl sie eine ziemlich vulgäre Person ist, wenn du mich fragst. Dann natürlich Professor Wassermann und seine Frau, beide haben einen Lehrstuhl in München, wie du weißt, und natürlich der gute alte Schinkelstein, er hat einen Lehrstuhl …«

Noch ein paar Stühle und man hätte ein ganzes Esszimmer komplett, dachte Marie. Was Tante Agathe nur immer hatte mit ihren kultivierten Leuten. Das Gespräch begann, ihr auf die Nerven zu gehen. Außerdem musste sie an den Fremden denken, der unten in der Wohnküche lag. Sie hoffte inständig, dass sein Zustand sich gebessert hatte oder zumindest stabil war.

»Ich muss Schluss machen«, sagte Marie hastig. »Also, ich erwarte dann dein Fax.«

»Adieu, meine Liebe, und natürlich musst du dafür sorgen, dass Jennifer einigermaßen manierlich aussieht. Und bring doch einen Mann mit. Sei nicht so langweilig, das würde deinen Vater freuen, da bin ich ganz sicher. Keine Widerrede. Also, au revoir, meine Liebe.«

Marie seufzte. Sie würde nicht mehr einschlafen können, also konnte sie genauso gut aufstehen. »Au revoir, meine Liebe«, äffte sie Tante Agathe leise nach. »Keine Widerrede.« Sie verdrehte die Augen und ging ins Bad.

Und so kam es, dass sie in recht grimmiger Stimmung war, als sie kurz vor halb acht in die Küche trat.

Hier weckte sie ihren Vater, der sich maulend für ein weiteres Schläfchen in sein Schlafzimmer verzog. Alex trottete ihm nach. Marie war das recht. Sie wollte einerseits in Ruhe nach dem Patienten sehen, ihm andererseits aber auch ein wenig auf den Zahn fühlen.

Er war schon wach und betrachtete die sanft fallenden Schneeflocken durchs Fenster. Er lächelte ihr freundlich zu, aber nur kurz. Marie lächelte aufmunternd zurück und fühlte sich erleichtert. Er war bei Bewusstsein, und er konnte noch lächeln, das musste doch bedeuten, dass er nicht schwer verletzt war, oder?

»Grüß Gott. Wie geht's denn heute so?«

Er blinzelte sie kurz an und sagte: »Guten Morgen, Frau Marie. Ich fühle mich schon viel besser. Herzlichen Dank für Ihre Hilfe. Ich weiß nicht, was ich ohne Sie getan hätte.« Er knipste wieder dieses Lächeln an und sah jetzt wirklich genau aus wie dieser gutaussehende Schauspieler, dessen Name ihr nicht einfallen wollte. Sie fühlte sich unbehaglich. Seine blauen Augen, so kam es Marie vor, drangen tief in ihr Inneres und durchschauten ihr ganzes Wesen.

Marie nickte kurz, war jedoch plötzlich auf der Hut. Wieso kannte er ihren Namen? Und wieso war er eigentlich so freundlich? Er sollte verärgert sein, schließlich hatte ihr Vater ihn angefahren. Sie betrachtete ihn argwöhnisch. Vielleicht hat er gestern mitgehört, als Papa mir seine Geschichte gebeichtet hat, dachte sie. Und jetzt will er uns verklagen. Oder er wird mich erpressen, sobald er erfährt, dass ich bei der Zeitung arbeite, oder … Ihre Gedanken purzelten in wildem Tumult durcheinander, während sie eine Kanne Kaffee kochte. Sie riss sich zusammen. Gestern hatte sie das sichere Gefühl gehabt, diesem Mann helfen zu müssen. Also würde sie das auch tun.

»Darf ich mal?« Sie beugte sich kurz über ihn und legte die Hand auf seine Stirn. Sie war glühend heiß. Marie stand auf, holte ein Fieberthermometer aus dem Badezimmer und schob es ihrem protestierenden Patienten in den geöffneten Mund.

Sie nahm sich eine Tasse Kaffee und stellte sich ans Fenster. Der Schnee, der über Nacht gefallen war, dämpfte alle Geräusche, und in der morgendlichen Dämmerung wirkte die Straße still und friedlich. Marie hoffte aber, dass der Unternehmungsgeist ihres Vaters etwas gebremst wäre nach dem Vorfall der letzten Nacht. Aber darauf verlassen konnte sie sich nicht, eigenwillig, wie er war. Sie beschloss, seinen Autoschlüssel an sich zu nehmen, es wäre nur zu seinem Besten.

Vaters Opfer, wie sie ihren Gast in Gedanken nannte, hatte 39,4 Grad Fieber. Marie schüttelte den Kopf. Ihrer Tochter hätte sie jetzt Wadenwickel gemacht, doch das konnte sie einem Fremden schwerlich anbieten.

»Bei so hoher Temperatur sollten Sie viel trinken. Wasser oder Saft. Oder möchten Sie Kaffee?«

»Ich nehme von allem, danke sehr«, sagte der Engel förmlich. Er hatte Maries Mutmaßungen intuitiv erfasst, konnte sie aber nicht richtig deuten.

Sie reichte ihm ein Glas mit Orangensaft und sah schweigend zu, wie er es trank. Danach goss sie ihm eine Tasse Kaffee ein. »Wie heißen Sie eigentlich?«, fragte sie beiläufig, während sie ein kleines Milchkännchen aus dem Kühlschrank holte und ihm einen Schluck einschenkte.

»Keine Ahnung. Ich habe leider vergessen, wie ich heiße. Wahrscheinlich durch den Sturz.« Der Fremde sah sie treuherzig an.

»Aha. Und was führt Sie in unser schönes Bayern?«

»Das habe ich auch vergessen. Jedenfalls das meiste. Aber es fällt mir bestimmt wieder ein.«

»Sie haben doch sicher Papiere bei sich.«

»Die müssen irgendwie verlorengegangen sein.«

Mist, dachte Marie. Das wurde ja immer vertrackter. Ein junger Typ ohne Identität. Er klang ehrlich. Nicht überzeugend, aber ehrlich. Wieso sollte er mich auch anlügen, dachte Marie. Andererseits, es ereigneten sich die merkwürdigsten Dinge.

Schweigend tranken sie ihren Kaffee, wenngleich Marie den Eindruck hatte, dass er für ihren Gast ein wenig stark geraten war. Und warum starrte er sie so seltsam an? Als wäre ihm auf einmal etwas eingefallen. Hatte er sein Gedächtnis wiedererlangt?

»Ich glaube«, sagte er plötzlich, und es klang, als spräche er zu sich selbst, »ich bin hergekommen, um jemandem die Melodie des Himmels zu schenken.«

Marie musterte ihn neugierig. »Die Melodie des Himmels, was soll das sein?«

»Die Melodie des Himmels erklingt, wenn jemand die Liebe seines Lebens erkennt.«

»Aha«, sagte Marie. Ihre Stimme klang leicht sarkastisch, obwohl sie das nicht beabsichtigte. Irgendwie machte der Typ sie nervös. Wusste seinen Namen nicht. Faselte herum von einer Melodie des Himmels. Obwohl, ein schöner Ausdruck eigentlich, wenn auch nicht sehr geläufig in Bayern. Sicher kein Ausdruck, den Eva benutzen würde, wenn sie von ihrem Eventmanager sprach. »Was soll man sich darunter vorstellen?«

Der junge Mann sagte eine Weile nichts. Er sah gedankenverloren aus dem Fenster. »Es ist so«, begann er schließlich leise. »Es ist eine Melodie, die jeder in seinem Herzen trägt. Doch nur wenigen ist vergönnt, sie zu hören. Nur denen, die die große Liebe ihres Lebens erkennen. Und dieses Geschenk wird nur wenigen Auserwählten zuteil.«

Marie zog die Augenbrauen hoch. »Verstehe. Nur für Auserwählte. Und wer ist nun der oder die Glückliche?«

»Wenn ich das wüsste«, sagte der junge Mann und sah ziemlich unglücklich aus.

»Wenn es Ihnen wieder einfällt, lassen Sie es mich wissen«, sagte Marie. »Offen gestanden, ein bisschen Himmelsmelodie könnte dieses Haus schon brauchen.« Sie holte tief Luft. »Mein Vater trinkt zu viel und vertut seine Zeit mit sinnlosen Erfindungen, meine Tochter will mit ihrer Freundin Mona für ein halbes Jahr nach England, was ich mir erstens nicht leisten kann und mir zweitens unpassend vorkommt in ihrem Alter. Also hält sie mich für eine schlechte Mutter. Und was mich betrifft, ich versauere in diesem Kaff und bin von der Liebe meines Lebens so weit entfernt wie der Mond von der Sonne.«

Der Fremde sah sie eigentümlich an. Dann sagte er langsam: »Viele Menschen suchen nach etwas, was sie gar nicht erkennen würden, auch wenn sie es fänden.«

»Tatsächlich?«

»Ja, und ich fürchte, Frau Marie, Sie gehören auch zu dieser Gruppe von Menschen.«

»Vielen Dank für diese überaus positive Einschätzung.«

»Gern geschehen.« Sie starrten sich schweigend an.

»Sonst noch etwas?«

»Ja, Einstein trank auch gern einen über den Durst, nach allem, was ich weiß. Und er war trotzdem ein großer Mann.«

»Na prima. Ich muss los.« Marie schnappte ihre Tasche. »Sie werden sich ja prächtig mit meinem Vater verstehen. Und unterstehen Sie sich, das Haus zu verlassen, bevor ich heute Abend wiederkomme!«

Nachdem Marie ihrem Vater einige Verhaltensmaßregeln eingeschärft hatte, fuhr sie in den Verlag.

Das Gespräch hatte sie aufgeregt, und sie fühlte sich den Anforderungen des Redaktionsalltags nicht recht gewachsen. Ihre Kollegen wirkten deutlich entspannter als sie, offenbar hatte niemand von ihnen den vergangenen Abend in der Kneipe verbracht und danach Hühnerbrühe für einen Verletzten zubereitet. Ganz zu schweigen von Tante Agathe und ihrem Weckruf.

Marie winkte ihrem Lieblingskollegen Thomas zu, setzte sich an ihren Schreibtisch und schloss die Tür. Einige Minuten später war ihre Freundin Eva über den Übernachtungsgast im Hause Obermayr informiert und versprach, nachmittags vor ihrer Spätschicht im Krankenhaus nach ihm zu sehen.

»Sieht er gut aus?«

»Ja«, sagte Marie. »Ziemlich. Aber darum geht es doch nicht. Er ist noch sehr jung. Gerade mal zwanzig oder so. Und er hat ’nen Knall, wenn du mich fragst. Das kann natürlich von dem Unfall kommen. Aber vielleicht war auch schon vorher bei ihm eine Schraube locker. Es wäre toll, wenn du ihn dir mal ansehen würdest. Ich will ja nur sichergehen, dass er keine schwerwiegenden Verletzungen hat und nichts gebrochen ist.«

»Geht klar, Marie. Sag aber deinem Vater Bescheid, sonst lässt er mich womöglich nicht rein. Ich warte, bis du kommst, und dann besprechen wir die Sache.«

Marie informierte ihren Vater über Evas Besuch am Nachmittag und eröffnete ihm kühl, dass sie bis auf weiteres seine Autoschlüssel einkassiert habe. »Zu deiner eigenen Sicherheit.« Der Fremde schlief, wie sie zu ihrer Erleichterung erfuhr.

Sie erledigte zwei dienstliche Telefonate und hielt nach ihrer Kollegin Lin Ausschau, die allerdings noch nicht da war. Vielleicht hatte sie verschlafen. Nein, das passierte ihr nie. Oder sie hatte frei. Oder sie war bei einem Termin. Marie versuchte, sich zu erinnern, ob Lin vielleicht angekündigt hatte, dass sie heute später kommen würde. Eigentlich hätte es ihr egal sein können. War es aber nicht.

Marie fühlte sich Lin unterlegen, auch wenn sie sich darüber ärgerte, sie konnte nichts dagegen tun. Mangelnde Selbstliebe, lautete ihre (und Evas) Analyse, was jedoch auch nichts an Maries Minderwertigkeitskomplex änderte. Anfangs hatte Marie versucht, sich mit Lin anzufreunden. Doch es wurde schnell klar, dass Lin nicht mit ihr befreundet sein wollte, und nach einer Weile wollte Marie Lins Freundschaft nicht mehr.

Lin Fabienne, 28 Jahre alt, war ehrgeizig und, wie sich bald herausstellte, intrigant. Häufig führte sie sich auf wie eine hinterhältige Konkurrentin, nicht wie eine zuverlässige Kollegin. Marie hatte direkt mit ihr zu tun, sie und Lin waren bei der ortsansässigen Zeitung *Der Anzeiger* gemeinsam für Kultur und Vermischtes zuständig, also für so ziemlich alles, was nicht in die Ressorts Politik, Wirtschaft und Sport passte.

Lin war es mit ihrem leicht asiatischen Aussehen gewohnt, angegafft zu werden. Sie war, nach landläufiger Meinung, eine Schönheit, tat aber so, als sei ihr das egal. Schönheit, ließ sie Marie regelmäßig wissen, sei keine Kategorie, innerhalb derer sie antreten wolle. Marie entging die leichte Herablassung nicht, mit der Lin diese Behauptung vorbrachte, dennoch war sie beeindruckt. Bald entdeckte sie jedoch, dass Lin Männern gegenüber sehr wohl ihre Reize ausspielte, mit ihnen flirtete, bestimmte weibliche Unterwerfungsgesten einsetzte, ihre Stimme ins Mädchenhafte veränderte, mit den Augen klimperte. Ihr Auftritt glich dann einer gut durchdachten Inszenierung, und Marie konnte nicht umhin, ein wenig neidisch zu sein. Sie wollte, sie wäre auch zu einer gewissen Schauspielerei fähig, doch wäre sie sich bei solchem Weibchengetue seltsam vorgekommen, also versuchte sie es gar nicht erst.

Lin trug ihr glattes, pechschwarzes Haar kinnlang und immer perfekt frisiert. Ihre Haut war braun wie Mokka, ihre Zähne weiß und regelmäßig. Sie war sehr groß, gertenschlank, und ihre Bewegungen waren geschmeidig. Ihre grünen Augen blickten meist etwas spöttisch und gaben, wenn sie nicht gerade flirtete, ihrem Gegenüber – sehr häufig war das Marie – das Gefühl, ein Volltrottel zu sein, nicht würdig einer noch so kurzen Unterhaltung.

Etliche Männer tauchten auf, Unternehmersöhne und so weiter, die Lin mit ihrem Porsche abholten, sie für ein Wochenende nach Paris oder Rom einluden, ihr teure Geschenke machten. Einen dieser Männer hatte Marie bei einem Redaktionsfest näher kennengelernt und sofort eine entschiedene Abneigung gegen ihn gefasst. Er gehörte zu der Sorte von Männern, die monologisierten und die eigenen Gesprächsbeiträge für geistreich und ungemein faszinierend hielten. Wahrscheinlich, hatte Marie damals gedacht, hält er auch seine Performance in Sachen Sex für unwiderstehlich.

»Was findest du eigentlich an ihm?«, hatte sie Lin nach dem Fest gefragt, um sie zu provozieren. Lin hatte sie streng angesehen, ihr Blick durchdrang Marie wie ein Elektrobohrer.

»Er ist gebildet. Witzig. Und reich.«

Seit diesem Gespräch war es nach Maries Ansicht nur eine Frage der Zeit, bis sich die schöne Lin verheiraten würde mit einem reichen, angesehenen Mann, wahrscheinlich alles andere als gebildet und schon gar nicht witzig. Vielleicht würde sie aufgrund ihres Ehrgeizes auch bald zu einer anspruchsvolleren Zeitung nach München wechseln. Bis es so weit war, musste Marie mit ihr auskommen.

Marie akzeptierte Lin als fähige Journalistin und vergaß nie, dass sie selbst, durch viel Glück, vor einiger Zeit als Quereinsteigerin eingestellt worden war.

Marie schlug sich damals, nach dem plötzlichen Aufbruch ihres Mannes, mit vielen Jobs herum. In keinem war sie besonders erfolgreich. Sie kellnerte und jobbte abwechselnd als Zimmermädchen, Taxifahrerin und Sekretärin für eine japanische Firma. Die japanische Höflichkeit deprimierte sie und die Unverschämtheit einiger Taxigäste auch. Eines Abends war ein dicker, schnaufender Mann in ihren Wagen eingestiegen, der gleich fragte, ob er rauchen dürfe.

»Sicher«, sagte Marie ergeben. Der rauchende Mann stellte sich als Mathias Weinstein vor, Verleger einer erfolgreichen Zeitung, die in verschiedenen Ausgaben für alle Regionen Bayerns herauskam. Marie fuhr ihn bis nach München, während er ununterbrochen rauchte und seiner Fahrerin mit heiserer Stimme erklärte, er sei immer auf der Suche nach engagierten jungen Leuten. »Sind Sie jemand, der innerlich brennt?«

»Geht's nicht eine Nummer weniger dramatisch?«, hatte Marie gefragt, und da hatte er heiser gelacht. »Erklären Sie mir doch mal, warum diese Lady Gaga so eine große Nummer ist.«

»Lady Gaga? Sie ist ein Superstar, aber trotzdem ganz sympathisch. Ich glaube, sie erfindet und inszeniert sich dauernd neu, hat dabei durchaus Selbstironie. Lady Gaga ist so eine Art Pop-Chamäleon mit hohem Wiedererkennungswert. Das gilt nicht nur für ihr Aussehen, sondern auch für ihre Stimme.« Marie grinste. »So seh ich das jedenfalls.«

Ihr Fahrgast wedelte mit seiner Zigarette. »Scheinst ja nicht auf den Mund gefallen, Mädchen«, sagte er. »Willst du für mich arbeiten?«

Als Marie nicht gleich verstand, wurde er ungeduldig. Sie sollte für sein Blatt arbeiten. Und zwar nicht in der Zentrale in München, sondern in einer seiner Außenredaktionen.

»Du hast was zu sagen, das gefällt mir. Du machst einen ganz vernünftigen Eindruck. Gefällt mir auch. Offenbar bist du nicht so emotional wie die meisten Frauen. Das gefällt mir am besten. Du wärst gut für unsere bunte Seite, du weißt schon, Popstars, Schauspieler, Künstler, das Bunte eben, klar? Ich ruf morgen den Kulturleiter an, und dann stellst du dich vor.«

Und so wurde Marie Obermayr Journalistin. Der Job machte ihr Spaß. Meistens jedenfalls. Anders als die etablierten Kollegen in der Zeitungszentrale in München saßen sie und viele jüngere Redakteure auf dem Land. Dort beschäftigte man sich mit Themen wie Korruption im Stadtrat, wütenden Bauern, die höhere Subventionen forderten, aufstrebenden Unternehmen, Lokalberühmtheiten, die sich zum dritten Mal scheiden ließen. Fast alle Kollegen wollten so schnell wie möglich weg aus der Kleinstadt, auch Lin. Sie war an einer renommierten Journalistenschule ausgebildet worden und schnappte sich, wann immer es ging, die Termine, die Ruhm und Ehre versprachen. Was allerdings in einer Kleinstadt nicht so häufig vorkam. Nach allem, was Marie wusste, träumte Lin davon, eines Tages als Korrespondentin in New York, Rom oder Peking zu arbeiten.

Marie hingegen gefiel ihr Leben mit ihrem Vater und ihrer Tochter, na ja, meistens jedenfalls. Sie dachte an Jennifer. Ein Umzug käme ohnehin nicht in Frage, da es ihrer Tochter das Herz brechen würde, ihre Freundinnen und ihre vertraute Umgebung zu verlieren. Marie wollte abwarten, bis Jennifer die Schule beendet hatte und bereit war, in ihr eigenes Leben aufzubrechen. Bis dahin würden Maries eigene Wünsche eben zurückstehen müssen.

Die Konferenz fand um elf Uhr statt. Der Redaktionsleiter sah Marie freundlich an. Sein rundes, rotes Gesicht glänzte wie frisch poliert. Er hieß Josef Radspieler und war – samt einer Schwäche für Leberkässemmeln und Frauen mit beeindruckender Oberweite – ein gutmütiger Mensch, der von allen »Radler« genannt wurde. Seine Ausdrucksweise war nicht immer ganz jugendfrei, aber daran hatten sich seine Untergebenen gewöhnt.

»Wir haben heute Morgen ein paar Anrufe bekommen«, sagte Radler. »Lin kümmert sich bereits darum. Irgendeine Sache letzte Nacht. Lichter, Mondgeflacker, jemand will einen Mann gesehen haben, der vom Himmel fiel, was weiß ich.«

Einige lachten, andere nickten. Die Menschen meldeten sich mit den absonderlichsten Dingen in der Redaktion. Sie erzählten mit bebender Stimme, aus den Wänden kämen glühende Drähte. Oder eine Flutwelle würde Bayern demnächst vernichten. Oder alle Banken würden von Grönland aus manipuliert, von einigen Russen, die die Weltherrschaft anstrebten. So gesehen klang die Geschichte von einem Mann, der vom Himmel fiel, nicht völlig abwegig.

»Lin spricht mit einigen von denen, die angerufen haben. Aber ich erwarte mir nicht allzu viel davon. Jeder will was gesehen haben, aber keiner weiß was Genaues. Typisch. Die Leute, ihr wisst ja, wie sie sind. Gerade jetzt, kurz vor Weihnachten.« Er zuckte die Schultern. Auf der Tagesordnung standen etliche andere Dinge, denen nachzugehen war. Verkehrsunfälle. Leichtsinnige, die ohne Winterreifen fuhren. Engpässe bei Schneefahrzeugen und Streusalz, Sitzungen im Baugenehmigungsausschuss.

Außerdem, Marie spitzte die Ohren, war aus der großen psychiatrischen Klinik in der Nähe jemand abgehauen. Der Mann war ohne ersichtlichen Grund mitten in der Nacht verschwunden.

»Den Ärzten ist die Sache natürlich unangenehm. Niemand weiß, wo der Mann abgeblieben ist und wie er sich verhalten wird, wenn er seine Medikamente nicht nimmt.«

»Ist er gefährlich?«, fragte Marie in die Runde.

»Wer kann das sagen? Er ist psychisch durch den Wind, sonst wäre er ja nicht im Klinikum gelandet«, erwiderte einer der Kollegen. »Sie glauben, dass er bald wieder auftaucht. Wäre auch gut für die Klinikleute, denn da haben offenbar einige ihre Aufsichtspflicht verletzt. Ich habe schon ein wenig herumtelefoniert.«

Marie nickte versonnen und dachte an den Mann ohne Mantel, der im Ohrensessel ihres Vaters saß. Was, wenn der Mann ...

»Marie, du kümmerst dich um das Interview mit Emily Handerson«, unterbrach Radler ihre Gedanken.

Marie nickte. »Klar, mach ich.«

»Sie kommt nicht morgen, sondern erst übermorgen, der Termin hat sich verschoben. Hast du sicher schon mitbekommen, oder?«

Marie nickte. Emily Handerson, Popsängerin aus England, war bei den Jugendlichen gerade schwer angesagt. Emily Handerson war der Schwarm aller jungen Mädchen und aller pickeligen Jungs. Und um junge Leser ans Blatt zu binden, so Radlers Logik, mussten Interviews dieser Art ins Blatt. »Sie wärmen außerdem das Herz unseres Chefredakteurs«, behauptete er.

»Herz und Hoden«, ergänzte Thomas. Alle lachten, Radler sah ihn mit hochgezogenen Augenbrauen an. In diesem Moment kam Lin herein. Sie winkte kurz in die Runde und setzte sich.

»Kommst du mit zu Emily Handerson, Lin?«, fragte Marie halblaut.

Lin verzog ihren schönen Mund und schüttelte bedauernd den Kopf. »Den Termin überlass ich gern dir. Vergiss nicht, dir ein Autogramm geben zu lassen«, sagte sie.

Marie fragte noch Thomas, aber erwartungsgemäß hatte auch er andere, wichtigere Termine. Niemand hatte Lust, mit Emily zu plaudern. Marie riss sich auch nicht gerade darum. Es lag nicht an ihr persönlich, sondern an dem ganzen Drumherum. Diese Interviews waren kein Zuckerschlecken. Man musste dem Management vorher eine Million Dinge zusagen, sonst wurde man gar nicht vorgelassen. In Emilys Fall hieß das, wie ihre Managerin, eine Miss Manchester, ihr in etlichen Vorgesprächen mit näselnder Stimme zu verstehen gegeben hatte: »Keine Fragen zu Emilys Rolle als Mutter, keine zum Vater ihrer Tochter, keine zu Drogen, keine zu ihrer angeblichen Magersucht oder zu ihrem letzten Nervenzusammenbruch, der natürlich keiner war. Sprechen Sie mit ihr über ihre fabelhafte Musik, über ihr neues Album ›Tears‹. Der fertige Text wird selbstverständlich zur Genehmigung vorgelegt, sonst verklagen wir Sie.«

Tja, so war es fast immer, Interviews mit internationalen Pop-, Fernseh- oder Filmstars waren nur mit Knebelverträgen möglich. Meistens führten Marie und ihre Kollegen die Interviews auf Englisch. Wenn es sich um einen Franzosen, Portugiesen oder Türken handelte, nahmen sie einen Dolmetscher mit. Die Interviews wurden ins Deutsche übersetzt und Radler vorgelegt. Wenn der sie abgesegnet hatte, wurden sie zurück in die jeweilige Landessprache übertragen und den jeweiligen Künstlern zum Autorisieren zugefaxt. Lohn der ganzen Plackerei: Meistens zeigten sich die Stars hocherfreut über die Art, wie intelligent, nachdenklich, amüsant und präzise sie sich geäußert hatten. Ohne ein einziges »Äh« oder »Hä?«, ohne ein einziges nichtssagendes Wort. Einfach großartig.

Marie nahm sich vor, die Sache mit dem verschwundenen Mann aus dem Klinikum im Auge zu behalten. Wenn das Klinikum ein Foto herausgäbe oder auch nur eine genaue Beschreibung, dann wüsste sie Bescheid. Und wenn nun Jennifer in Gefahr war? Eilig rief sie zu Hause an.

Erst nachdem ihr Vater am Telefon beteuert hatte, Jennifer sei noch in der Schule und der Patient schlafe wie ein Baby, nunmehr im eigens von Willi hergerichteten Gästezimmer, war Marie beruhigt.

Sie nahm sich das Archivmaterial zu Emily Handerson vor. Emily war 25 Jahre alt und Multimillionärin. Aber, dachte Marie, sie wird nicht über Geld sprechen wollen. Geld sei nicht wichtig, würde sie sagen, auf die Seele komme es an. Sie würde erzählen, was für ein großartiges Publikum die Deutschen seien, wie gut ihr München gefalle und die bayrischen Berge, der viele Schnee. Marie hatte vor wenigen Tagen ein Fernsehinterview mit ihr gesehen. Dort hatte sie geschwärmt, dass England großartig sei. »Und denken Sie nur, wir hätten Hugh Grant als Premierminister. Sie haben doch sicher den Film ›Love Actually‹ gesehen, oder? Danach vergessen Sie alle Blairs und Browns der Welt«, hatte diese kleine Poptrulla gesagt und gekichert wie ein Schulmädchen.

Marie verdrehte die Augen und schnaubte. Ihr Kollege Thomas, der meist über klassische Musik und Opern schrieb, setzte sich kurz auf den Rand ihres Schreibtisches. »Ärgerst du dich über diese Handerson?«

Marie nickte. »Berühmt, reich, verwöhnt und wahrscheinlich strohdumm. Natürlich haben alle Münchner Radiosender, Fernsehsender und Zeitungen sie bereits interviewt, also bleibt mir nur ein Abklatsch dessen, was sowieso schon überall zu lesen war.«

Thomas grinste. »So ist es doch meistens. Die Münchner sind halt früher am Drücker.«

»Ja, aber besser sind deren Interviews auch nicht. Weil diese Leute einfach nichts zu sagen haben.«

Thomas überlegte. »Vielleicht solltest du versuchen, mit der jungen Frau ausschließlich ein Gespräch über Musik und übers Songschreiben zu führen. Wenn du willst, gehen wir zusammen zu Radler und überzeugen ihn von dieser Idee.«

Marie sah ihn dankbar an. Deshalb war Thomas ihr Lieblingskollege, er war immer unterstützend, immer hilfsbereit. Schade, dass er sich darüber hinaus so gar nicht für sie interessierte. Für andere Frauen allerdings auch nicht. Er lebte mit einem Architekten namens Sebastian zusammen, den Marie flüchtig kannte. Die beiden harmonierten miteinander und waren offenbar glücklich. Marie war froh, Thomas in der Redaktion zu haben.

»Gut, lass uns zu Radler gehen. Allerdings könnte Emily mit solch einem Interview überfordert sein. Ich übrigens auch. Man könnte auch überlegen, die Sache einfach abzublasen.«

Sie trugen Radler ihre Idee vor. »Ein Fachgespräch über Musik, ihre Tanzchoreographie und ihre Songschreiberei? Das ist doch viel zu langweilig. Außerdem würde das das Mädel womöglich überfordern«, meinte der.

»Wieso, sie ist schließlich Musikerin«, konterte Marie. »Aber ich fürchte, Sie haben recht. Wahrscheinlich versteht Emily vom Singen und Tanzen ungefähr so viel wie ein beinamputierter Affe.«

»Aber sie sieht besser aus. Schau dir diese Oberweite an«, sagte Radler. Er deutete auf eines der Bilder und leckte sich die Lippen. »Gleichgültig, ob die Brüste echt sind oder nicht, stimmt's, Thomas?«

»Not my cup of sperm«, sagte Thomas und schaute indigniert wie ein englischer Kammerdiener. Marie lachte.

»Alles nur schöner Schein«, sagte sie zu Radler und zuckte die Schultern.

»Schöner Schein, schöner Schein! Na und? Ein schöner Schein, das genügt doch! Was erwartest du denn? Oder bist du etwa neidisch?«

Marie zog die Augenbrauen hoch. »Thomas, diese Ausführungen werden wir uns nicht länger anhören. Wir ziehen uns jetzt in unsere Gemächer zurück, Chef«, sagte sie würdevoll und zog Thomas mit sich. Radler lachte hinter ihnen her.

»Kein Grund, sich aufzuregen«, sagte Thomas.

»Ich rege mich nicht auf«, sagte Marie. »Aber findest du nicht, dass er regelrecht besessen ist von riesigen Brüsten? Wahrscheinlich ein Trauma aus seiner Kindheit. Vielleicht hat seine Mutter ihn mit der Flasche großgezogen und ihn als Kind ans Laufstallgitter festgebunden und geknebelt.«

»Interessante Theorie.« Thomas lachte. »He, hast du letzte Nacht diesen wahnsinnigen Mond gesehen?«

»Ja, flüchtig. Den größten Teil des Abends habe ich mit Eva verbracht und mit ihr über Weihnachten und die Vorzüge des Alters geplaudert.«

Thomas lachte wieder. »Der Mond war schön«, sagte er dann beinah feierlich, während sie zum Kaffeeautomaten schlenderten. »Und es kam mir so vor, als wäre er nur für mich allein da.«

»Nur für dich, was?« Marie lachte. »Du Egoist. Vielleicht solltest du das mal Lin erzählen. Die schlägt sich doch jetzt mit dem Mann rum, der vom Himmel fiel. Na ja, ist wahrscheinlich nichts weiter als so eine spinnerte Idee.« Marie zuckte mit den Schultern. »Aber wer weiß, vielleicht sitzt er jetzt auch bei irgendwelchen Bayern herum und schlägt sich den Bauch mit Butterbrezen voll.«

# Kapitel 7

Der Mann, der vom Himmel gefallen war, saß in Willis Küche und aß genüsslich zwei Laugenbrezen mit Butter. Er war von den Köstlichkeiten, die dieses Bayern zu bieten hatte, zunehmend begeistert, ein Snack besser als der andere. Willi hatte zunächst vorgeschlagen, er solle im Gästezimmer bleiben, es sei noch zu früh, um aufzustehen. Aber der junge Mann fand, er habe genug geschlafen. Er wollte nicht länger im Bett bleiben und bestand darauf, aufzustehen.

»Ich habe keine Zeit zu verlieren«, sagte er. »Ich muss mich um meinen Auftrag kümmern. Wo sind meine Sachen?«

Willi zeigte ihm das Badezimmer und erklärte ihm, seine Kleidung sei verdreckt und müsse gewaschen werden. Er reichte ihm einige seiner eigenen Sachen zum Anziehen, die natürlich viel zu groß waren.

»Mit einem Gürtel wird's scho gehn«, sagte Willi und schob den Mann in die warme Wohnküche. »Und heut gehn Sie auf keinen Fall wohin.«

Trotz Gürtel sah sein Gast in der alten Trainingshose und dem verblichenen Pullover ziemlich verloren aus.

Willi fühlte sich dem jungen Mann gegenüber immer noch schuldig, er wünschte inständig, es möge ihm besser gehen. Er fand ihn jetzt, nüchtern betrachtet, so jung, dass er ihn kurzerhand weiter duzte. »Später«, sagte Willi, »kimmt a Krankenschwester, die will di kurz oschaun. Ob nix gbrochen is oder so. Bis dahin bleibst dahoam bei mir.«

»Ich fühle mich schon besser. Mein Kopf tut noch weh, aber das wird schon wieder. Entschuldigen Sie bitte vielmals, dass ich Ihnen so viel Mühe mache.«

»Gibt nix zum Entschuldigen, solong du mir ned auf mei Schuh pinkelst«, knurrte Willi.

»Ich hatte nicht vor, auf Ihre Schuhe zu pinkeln«, stotterte der junge Mann.

»Scho gut, des sagt mehr halt so.«

Willi schichtete Holz in den Kamin und überlegte. Vielleicht war dieser Fremdling tatsächlich der Mann aus dem Klinikum, von dem Marie ihm kurz erzählt hatte. Vielleicht war er ausgebüxt. Komisch, dass er keine Papiere bei sich hatte. Das, immerhin, dachte Willi, habe nicht ich verschuldet, das muss bereits vor dem Unfall passiert sein. Vielleicht hatte ihn jemand überfallen, seine Brieftasche geklaut, ihm eins übergezogen? Oder war er einfach ein geistig verwirrter Mensch, der sich im Schnee verlaufen hatte?

Willi betrachtete ihn aus den Augenwinkeln. Er hatte wieder etwas von einem Auftrag gesagt, er sei in geheimer Mission unterwegs. Es gab Schlimmeres, als in geheimer Mission unterwegs zu sein. Vielleicht war er eine Art Spion, vielleicht kam er aus Norddeutschland. Die Norddeutschen waren den Bayern nicht grün. Neideten ihnen ihre blühende Wirtschaft und ihr gutes Bier. Vielleicht sollte er für die Norddeutschen etwas ausspionieren. Vielleicht ging es sogar um seine Erfindungen? Willi schnaufte. Na ja, vielleicht erzählte der junge Kerl einfach nur wirres Zeug, um sich wichtigzumachen. Vielleicht hatte er auch zu viel ferngesehen.

Die jungen Leute heutzutage hingen dauernd vor der Glotze, so viel stand fest. Und machten Computerspiele und was nicht alles. Willi räumte die Kaffeetassen in die Spüle und stellte den Feuerschutz vor das Kaminfeuer, das er angemacht hatte.

Willi war nicht besonders scharf auf Besucher, egal welchen Alters. Bei diesem Besucher allerdings, da musste er Marie schon recht geben, war ein wenig Freundlichkeit angebracht. Denn dass er jetzt hier war mit diesem Kopfverband und sich schwindlig fühlte, war Willis Schuld.

»Schmeckn die Brezn?«

»Ja, ein ungewöhnlich guter Erdensnack. Vielen Dank.«

»Wia hoasdn?« Willi hoffte, ein paar Stunden Schlaf hätten das Erinnerungsvermögen seines Besuchers wiederhergestellt.

»Ich habe keinen Namen.«

»Wos?«

»Ich meine, ich hab ihn vergessen.«

»Ja, mei«, brummte Willi. Kann sich immer noch nicht an seinen Namen erinnern, dieser Umstand besorgte ihn. Womöglich würde man ihm und Marie unterlassene Hilfeleistung vorwerfen, weil sie keinen Arzt geholt hatten. Er wollte dem Jungen anbieten, ein paar Tage bei ihnen auszuspannen. Aber das musste er vorher mit Marie besprechen. »Wenn du Schmerzen host oder wenn i was mache kann, sagst des mir, ja? Und weißt wos? Du schaust aus wie a Spezl von mir, der is aus Berlin kimme, er hat Paule gheiße. I sog jetzt Paule, so long mir ned wissen, wia du hoast. Is recht, Paule?«

»Einverstanden.« Der Fremde, der jetzt Paule hieß, nickte gleichmütig. Sein Blick glitt über die verschiedenen Metallteile, die in einer Ecke der Küche auf dem Boden herumlagen, und über den großen Holztisch, auf dem ein Hammer, ein Stück Draht, eine Zange, jede Menge Ventile, Schraubenschlüssel, Zündkerzen und allerlei ölige Kabelstücke lagen. »Was tun Sie mit all diesen Dingen?«

»I bau grad an singenden Toaster«, knurrte Willi. »Er funktioniert so weit scho ganz gut, nur singet er noch ned richtig. Der is für mein Freund Friedl, zum Geburtstag. Der brauchts dann koan Radio mehr, wenn er in der Früh sei Brot toastet.«

»Ein Erfinder!«, rief Paule beeindruckt. »Das ist eine gute Sache. Ein singender Toaster! Ich weiß zwar nicht, was ein Toaster ist, aber sicher etwas Wunderbares, und wenn es dann auch noch singen kann, könnten wir bei uns sicher auch einige davon brauchen.«

Willi dachte, der Junge wolle ihn auf den Arm nehmen, aber er schien es durchaus aufrichtig zu meinen. Er wusste nicht, was ein Toaster war? »Die Welt braucht Erfindungen der kleinen und der großen Art. Jeder sollte sich nützlich machen. Ich bin, glaube ich, auch hergekommen, um mich nützlich zu machen.«

Er betrachtete das alte Sofa und Willis Sessel, seine Augen blieben schließlich am Fernsehgerät hängen.

»A Fernseher«, sagte Willi erklärend. Na ja, wenn er noch nicht einmal was von Toastern gehört hatte, was konnte man erwarten? Er seufzte. »Hoast du noch nie wos vom Fernsehen ghört? Filme, bunte Bilder und so weiter. Des is ziemlich verbreitet, ned nur bei uns.«

»Ich weiß, ich weiß. Es kommt ein Film, den ich mir gern ansehen möchte. Äh, wenn ich dann noch hier sein sollte. Er heißt ›Für ein paar Dollar mehr‹. Kennen Sie ihn?«

»Ja, des is a older Hut«, sagte Willi. »Den hob i scho oft gsehn. Den musst du doch kenne.«

»Ich glaube nicht, nein. Da, wo ich herkomme, hält man nicht so viel vom Fernsehen. Wir sind nicht direkt dagegen, aber wir selbst ziehen Musik und Literatur vor. Ich habe mal irgendwo gelesen, Fernsehen sei Kaugummi für die Augen.«

»A Kaugummi für die Augen? Des is a interessante Theorie. Des stimmt vielleicht, wenn i denk, was die Leut für einen Mist sehn. I schau sowieso ned oft. Muss nochdenke über meine Erfindungen.«

Paule sah Willi an. »Sie sollten einen Sprachcomputer erfinden. Einen Sprachübersetzer, der alles und jede Sprache sofort übersetzt, so dass jeder jeden verstehen kann. Wäre das nicht toll? Ich würde Sie dann auch viel besser verstehen.«

Willi nickte langsam. »I mach mir scho die Mühe, so deutlich wie möglich zu spreche, besser kann ich's ned. Jesses, ein Sprachübersetzer. Des klingt kompliziert, aber unmöglich is des ned. Ich muss darüber noachdenke.«

Er stand auf und ließ sich in seinen Sessel am Fenster fallen. »Mei Sessel. Is mei liebstes Möbelstück«, sagte Willi. »Wer kimmt und will ihn mir wegnehmet, den häng i mit die Ohren am Türbalken auf.« Sein Besucher sah ihn erschrocken an.

»Ich habe keinesfalls vor, Ihnen irgendetwas wegzunehmen.«

»Du konnst Willi sagen«, sagte Willi. »Und jetzt musst wieder schlofe. Des is wichtig für dein Kopf, damit du wieder gsund wirst.«

Paule stand gehorsam auf. »Ich hoffe, ich habe Sie nicht verärgert, Herr Willi.«

»Host du ned. Und wenn scho. Wenns mich ärgerst, nehm i meine Zähne raus, hosd mi?«

# Zwischenspiel

Die drei Engel packten ihre Instrumente aus.

»Heute möchte ich endlich mal wieder etwas Fröhliches spielen«, sagte der große Blonde.

»Sicher«, sagte der kleine, dickliche Engel, den eine Aura der Strenge umgab. Er strich über seinen Geigenbogen.

Der junge Engel mit den roten Locken blies probehalber in seine Trompete. Dann sagte er: »Habt ihr schon gehört? Da ist einer abgehauen. Einer aus der Registratur.«

Der große Blonde spielte eine kurze Melodie auf der Klarinette. Sie klang wie ein Kichern in der Luft.

»Er hat wohl einen Computerfehler entdeckt und ihn auch gemeldet. Aber keiner wollte auf ihn hören, die Sache wurde vertuscht.«

Der Dicke schüttelte ungläubig den Kopf. »Computerfehler? Vertuscht? Um was ging es denn?«

»Zwei sollten sich treffen, vom Himmel selbst auserwählt.«

Der Blonde staunte. »Zwei Engel?«

»Zwei Menschen natürlich, du Depp!« Der Rothaarige blies auf seiner Trompete wie zur Attacke. »Geht um Liebe. Auf der Erde. Mann und Frau.«

»Ah«, sagte der Blonde und spielte einige Töne. »Und weiter?«

»Durch den Fehler haben sich die Falschen getroffen«, sagte der Rotlockige aufgeregt. »Und wollen jetzt heiraten.«

»Na und? Die paar Erdenjahre.« Der Blonde wedelte gleichmütig mit seiner Klarinette.

»Ich glaube, das sehen die Menschen etwas anders, vor allem, wenn es um die große Liebe geht.« Der Rotlockige schaute pikiert. »Jedenfalls hat sich der Registraturengel aufgemacht, um die Sache selbst in Ordnung zu bringen. Einfach so, ohne Erlaubnis.«

Der Dickliche, der sich oft genug mit undisziplinierten Musikanten auseinandersetzen musste, schnaufte missbilligend. »Ist offenbar so ein Erbsenzähler, der alles sehr genau nimmt, was? Bleibt abzuwarten, ob er die Sache da unten überhaupt deichseln kann.«

»Ich wünsche es ihm«, sagte der Rotlockige versonnen. »Ihm und den beiden Menschen.«

»Also«, schaltete sich der Blonde ungeduldig ein, »können wir jetzt spielen?«

# Kapitel 8

Als Jennifer nachmittags nach Hause kam, kreisten ihre Gedanken um einen Jungen und wiederholten sich in ungefähr dieser Reihenfolge. Erstens: Der Huber Joachim ist ein super Typ. Zweitens: Ich wünsch mir, dass er mich zum Schlittschuhlaufen einlädt. Drittens: Wie kann ich das am besten anstellen, ohne mich zum Affen zu machen?

Der Huber Joachim besuchte die nächsthöhere Klasse, und Jennifer und er sahen sich nur flüchtig in den Pausen. Mona hatte beteuert, er würde Jennifer immer heimlich anglotzen, aber, erstens, hatte sie davon noch nichts gemerkt, und zweitens: Hatte er etwa heute geschaut, als sie mit ihren schicken kupferroten Haaren erschienen war? Vielleicht einmal, höchstens zweimal. Und überhaupt, was hatte ein Mädchen davon, dass ein Junge sie anglotzte? Außerdem war da noch etwas, was ihr keine Ruhe ließ: Was sollte aus ihrem Plan werden, für ein halbes Jahr nach England zu gehen, wenn der Huber Joachim sich in sie verguckte? Sie selbst hatte beschlossen, sich nur in ihn zu vergucken, wenn er sich ernsthaft für sie interessierte.

»Ach, hör doch auf, du bist ja schon total verknallt in ihn und denkst wahrscheinlich gar nicht mehr daran, dass wir uns versprochen haben, zusammen nach England zu gehen«, hatte Mona gesagt und dabei ziemlich sauer gewirkt. Vielleicht, vermutete Jennifer, war sie auch eifersüchtig. Das konnte sie verstehen. Sie wäre genauso eifersüchtig, wenn Mona plötzlich nicht mehr ihre beste Freundin sein wollte.

Aber so war es ja überhaupt nicht. Jennifer wollte Monas beste Freundin sein und wäre liebend gern mit ihr für ein halbes Jahr nach England gegangen – bevor es zu dieser neuen

Entwicklung mit dem Huber Joachim gekommen war (sofern man nach allem, was bislang nicht passiert war, überhaupt von einer Entwicklung sprechen konnte). Aber es gab da ein ganz praktisches Problem: Jennifer hatte Mona verschwiegen, dass ihre Mutter einfach nicht genügend Geld hatte, um das halbe Schuljahr im Ausland zu finanzieren, und außerdem der Meinung war, sie müsse mindestens 15 Jahre alt sein, besser 16. An all das dachte Jennifer, während sie sich die Schneestiefel in der Diele auszog. Ihr Opa kam rein.

»Servus, Opa. Wie geht's? Gibt's was Neues?«

»Ja. Du host rote Hoarr. Schaust aus wie a Feuermelder.« Er lächelte. »I mach Spaß. Schaust gut aus. Kimm her, i will dir jemand vorstelle.« Ihr Opa tat geheimnisvoll. Er schob sie ins Gästezimmer, wo ein fremder Mann mit einem Kopfverband im Bett lag und schlief.

»Des is Paule.« Ihr Opa klang etwas verlegen. Er flüsterte.

Jennifer sah verdutzt auf den schlafenden Mann. »Paule? Seit wann ist der denn hier?«

»Seit gestern Nocht«, sagte ihr Großvater und schob sie aus der Tür in die Küche. »Der is direkt in mein Wagen neiglaufe.«

Jennifer lehnte sich an den Küchenschrank. »Opa, hattest du ein paar Biere gekippt?« Sie schüttelte mit gespielter Strenge den Kopf.

»Ja mei, der Friedl und i, mir trinked halt a Weißbier, wenn mir mitsammen musiziern. Aber bsuffa sin mer ned.«

»Natürlich nicht. Auf keinen Fall. Nur a bisserl fröhlich, gell?« Jennifer liebte ihren Opa und wünschte sich sehr, dass nicht er den Unfall verschuldet hatte. »Also, ich finde, dieser Paule sieht so aus, als ob ihm nichts fehlt.«

»So sieht er aus. Aber er is a weng wunderlich, also reg eam ned auf. Und frog eam ned zviel.«

Jennifer zog fragend die Augenbrauen hoch. »Ich werde mich hüten. Warum sollte ich ihn ausfragen?«

»Er hoad a Gehirnerschütterung oder so woas, und er kann sich an manches ned erinnern. Zum Beispiel an sein Namen. I hoab eam einfach Paule gnannt.«

Jennifer lächelte. »Ist ja wie in ›Dr. House‹, da kommen solche Dinge dauernd vor. Was sagt Mama dazu?«

»Woas soll sie sagen? Begeistert ist sie ned. Hat eam gestern nocht a Hühnerbrühen gmacht.«

Jennifer sah gedankenverloren vor sich hin. Eigentlich sah der Fremde ganz gut aus, dieser Paule. Vielleicht würde der Huber Joachim das auch finden. Und vielleicht würde es ihm gar nicht gefallen, wenn sie mit diesem Paule am Samstag auf der Eisbahn auftauchen würde.

»Du derfst nix verzähle, versprichst des? Sei holt nett mit eam.«

Jennifer nickte. »Klar, Opa, versprochen.«

Dann ging sie in ihr Zimmer. Sie dachte an den Huber Joachim und an diesen seltsamen Paule und daran, dass sie Mona später unbedingt anrufen musste. Sie dachte an ihre Mutter und wie sie sie dazu bringen konnte, das Geld für den England-Aufenthalt aufzutreiben. Sie müsste ihre Erlaubnis geben und dann – gemeinsam mit ihr – ihrem Vater einen Brief nach Japan schreiben. Aber dafür, fürchtete Jennifer, war ihre Mutter zu stolz.

In der Redaktion dachte Marie an alles Mögliche, nur nicht an ihren Exehemann.

Sie wusste, dass Lin ein Stimmungsbild über die vergangene Mondnacht verfassen sollte, und beneidete sie nicht um diese Aufgabe. Allerdings war sie an dem Artikel ebenfalls beteiligt, Radler hatte sie gebeten, Leute zu befragen und Lin für ihren Artikel zuzuarbeiten. Tatsächlich hatten ihr die Leute, die sie aufgesucht hatte, die wirrsten Geschichten erzählt.

Der Mond habe einen Mann ausgespuckt, der mitten in der Stadt auf die Erde gefallen sei. In den Schnee. Dann sei er plötzlich verschwunden gewesen. Ein Mann, gekleidet wie ein Schauspieler aus einem Westernfilm, sei in der Mirabellengasse herumgelaufen und habe mit jedem seiner Schritte goldene Funken aufgewirbelt. Und plötzlich, von einem Moment auf den anderen, noch bevor ihn jemand fotografieren konnte, war er verschwunden.

In diesem Stil ging es weiter, die Geschichten ähnelten sich, und jedes Mal wurde das Auftauchen des geheimnisvollen Fremden mit dem Mond in Verbindung gebracht. Je mehr Berichte dieser Art Marie hörte, desto alarmierter war sie. Der Mann vom Mond war, die Beschreibung seiner Kleidung ließ keinen Zweifel zu, derjenige, den ihr Vater angefahren hatte, und der jetzt zu Hause bei ihnen im Gästezimmer lag. Funken hatte sie auch gesehen. Bei Tage besehen war sie von einem Mann, der Funken sprühte, nicht mehr so beeindruckt. Wahrscheinlich irgendein Trick, den er beherrschte, selbst in angeschlagenem Zustand. Was man dafür brauchte, konnte man sich heute wahrscheinlich in jedem Zauberladen besorgen.

Interessanter und dringlicher fand sie die Frage: Wer war er?

Er erinnerte sie an diesen amerikanischen Schauspieler, nur sah er viel jünger aus. Natürlich konnte er identisch sein mit dem Mann, der aus der Psychiatrie abgehauen war. Das würde erklären, warum er so seltsam redete, wie einer, der nicht ganz von dieser Welt war, sondern in seinen eigenen Sphären lebte.

Marie schlenderte zu ihrem älteren Kollegen Ferdi hinüber, der sich um den vermissten Mann aus der Klinik kümmerte. »Servus, Ferdi. Sag mal, dieser Typ, der aus der Klinik abgehauen ist, gibt's da was Neues?«

»Ja, offenbar war es nicht nur einer. Die haben noch mal angerufen und gesagt, es waren zwei.« Ferdi sah von seinem Computer auf. »Sie haben sich gemeinsam verdrückt. Mehr als eine Meldung kann ich aber nicht schreiben, denn so aufregend ist die Sache nicht. Sind wohl aus dem Fenster gestiegen und einfach losgelaufen übers Klinikgelände.«

»Warum sind sie dort eingeliefert worden?

Ferdi zuckte die Achseln. »Sie gehörten zu einer Gruppe von jungen Typen, die vor vier Wochen zur Beobachtung in die Klinik kamen. Offenbar haben die Jungs Drogen eingepfiffen und sind schlecht drauf gekommen. Du weißt ja, wie das ist.«

Marie hatte keine Ahnung von Drogen, aber sie nickte. »Haben wir eine Beschreibung? Ich meine, wie sie aussehen oder was sie anhatten?«

»Junge Typen, um die zwanzig. Eine genaue Beschreibung habe ich nicht. Einer hat blonde Haare, einer dunkle. Die Klinikleitung will abwarten, ob die beiden wieder auftauchen oder ob jemand auf unsere Meldung hin anruft. Möglicherweise sind sie einfach mit der S-Bahn nach München gefahren zu ihren Eltern. Ende der Geschichte.« Er zuckte die Achseln und lächelte Marie an. »Da finde ich die Sache von Lins Mann im Mond schon interessanter. Funken, die versprüht werden, Männer, die vom Mond kommen. Klingt doch viel aufregender, oder?«

Marie nickte. »Wenn was dran ist, sicher.« Sie überlegte. Welche Haarfarbe hatte der Fremde? Blond? Braun? Sie konnte sich nicht mehr genau erinnern. Dunkelblond vielleicht.

Sie fühlte sich unruhig und sehnte sich danach, nach Hause zu fahren. Sie wollte mit ihrem Vater sprechen, mit Jennifer, mit dem geheimnisvollen Fremden. Vor allem wollte sie hören, was Eva sagen würde nach ihrer Untersuchung. Und natürlich hoffte sie inständig, dass alles in Ordnung kommen würde.

Sie beschloss, zu Radler zu gehen und sich ausnahmsweise mit einer Notlüge zu behelfen: »Ich hab meine Zulieferung für Lin fertig und würde gern früher gehen heute. Fühl mich ein wenig grippig.«

»Klar, Marie, schwirr ab. Und bleib morgen zu Hause, wenn's dir nicht besser geht. Du musst übermorgen auf dem Posten sein für das Handerson-Interview.« Er sah sie freundlich an. »Ist irgendwas los, was ich wissen sollte? Probleme mit deinem Vater oder mit deiner Tochter?«

Marie schüttelte den Kopf. »Alles bestens, ich habe nur eine Erkältung, weiter nichts. Einmal richtig ausschlafen, dann bin ich wieder fit.«

Er nickte, und sie war entlassen.

Als sie gegen 18 Uhr nach Hause kam, wartete Eva bereits auf sie.

»Hübscher Kerl, euer Patient. Bisschen jung, wie du ja schon gesagt hast, aber ganz ansehnlich. Er hat eine leichte Prellung am Kopf, einige blaue Flecke am Oberkörper, mit großer Wahrscheinlichkeit keine inneren Verletzungen.« Das war Evas Einschätzung. Der junge Mann war kooperativ gewesen und hatte sich ihre Fragen ohne Murren gefallen lassen. »Aber wie du ja schon selbst gesagt hast, Marie, er hat eine Schraube locker, kein Zweifel. Darf man ja heute so nicht mehr sagen. Also, vielleicht leidet er an einer psychischen Erkrankung, um es korrekter auszudrücken. Erzählt was von einem Auftrag und dass er keine Zeit zu verlieren habe. Was für einen Auftrag, will er aber nicht sagen. Nur, dass er unbedingt jemanden finden müsse.«

Marie hörte schweigend zu. »Ja, das hat er gestern Abend schon erzählt und heute Morgen auch. Da ging es um eine Melodie des Himmels und um Liebesglück und so weiter. Was das genau bedeuten soll – keine Ahnung. Er hat eine seltsame Art, sich auszudrücken.« Sie zögerte einen Moment, dann gab sie sich einen Ruck. Sie beschloss, Eva einzuweihen. Alles andere wäre einfach nicht fair der Freundin gegenüber. »Eva, ich weiß, dass ich mich auf dich verlassen kann. Du musst die Sache erst mal für dich behalten.« Eva hob ihre Augenbrauen und wartete. Marie hatte ihr erzählt, der Mann sei ihrem Vater vors Auto gelaufen. Jetzt rückte sie damit heraus, was ihrer Meinung tatsächlich in der vergangenen Nacht vorgefallen war.

»Du meinst, dein Vater hat ihn angefahren und hatte einen im Tee?«

»Genau. Wie viel er intus hatte, weiß ich nicht, aber angeschickert war mein Vater auf jeden Fall. Er hätte nicht mehr Auto fahren dürfen. Sicher, kann schon sein, dass der Typ ihm wirklich vors Auto gelaufen ist und mein Vater einfach Pech hatte. Tatsache ist aber, dass er mit ein paar Promille gefahren ist.« Eva nickte. Sie hatte ebenfalls einen Vater, der gern Weißbier trank, von ihr selbst ganz zu schweigen. Marie erzählte auch von den beiden Jungs, die aus der Klinik abgehauen waren.

»Hm, wenn er einer davon ist, wo ist dann der andere?«

»Keine Ahnung. Es ist ja alles andere als sicher, dass es sich bei dem Mann um einen der beiden handelt. Aber vom Alter her kommt es hin. Und natürlich auch, weil er so wirr daherredet.«

Eva stand auf. »Ja, das kann aber auch an seiner Kopfverletzung liegen. Vielleicht hat er einfach einen Schock durch den Aufprall.« Sie stand auf. »Ich muss los.«

Marie nickte. »Ich bin dir sehr dankbar, Eva. Hast was gut bei mir.« Eva grinste, umarmte Marie zum Abschied und klopfte ihr aufmunternd auf die Schulter. »Kann gut sein, dass er morgen schon wiederhergestellt ist. Sein Fieber ist gesunken. Er hat jetzt nur noch erhöhte Temperatur. Das kann sich allerdings auch wieder ändern. Behalt ihn im Auge, so gut du kannst, und halt mich auf dem Laufenden. Ich fahre allerdings mit meinem Loverboy einige Tage weg. Aber wenn ich wieder da bin, komm ich gern noch mal vorbei. Bis dahin«, sie legte einen Finger an ihren Mund, »sind meine Lippen versiegelt.«

Dann hastete Eva durch den Schnee zu ihrem Auto und fuhr zu ihrer Spätschicht.

Marie bereitete ein einfaches Abendessen zu, eine riesige Portion Nudelauflauf mit Gemüse und Schinken. Bevor sie ihrem Vater und dem Gast etwas davon brachte, wollte sie zuerst mit ihrer Tochter sprechen. Sie hatte die neue Haarfarbe gelobt, tatsächlich sah Jennifer irgendwie älter damit aus. Marie wusste nicht, ob sie das nun gut oder weniger gut finden sollte. Als sie auf den verletzten Gast zu sprechen kam, versuchte Marie, besonnen und gelassen zu klingen. Doch ihrer Tochter konnte sie nichts vormachen, und Jennifer war es schließlich, die beruhigende Worte fand. »Kein Grund, nervös zu sein, Mama. Ist doch keine wilde Geschichte. Zeigen sie im Fernsehen jeden Tag. Er erholt sich wieder, und dann kommt auch sein Gedächtnis zurück.«

Marie sah sie zweifelnd an. »Hoffen wir es. Ich wollte dich nur bitten, niemandem davon zu erzählen. Auch Mona nicht.«

Jennifer nickte langsam. »Wegen Opa, schon verstanden.«

»Versprichst du es mir?«

»Gut, versprochen. Aber nur, wenn ich zum Konzert von Emily Handerson darf.«

»Erstens ist das Erpressung. Zweitens bist du zu jung, um da allein hinzugehen.«

»Monas große Schwester würde uns mitnehmen. Sie ist achtzehn, und sie würde Mona und mich gleich nach dem Konzert nach Hause bringen. Bitte, Mama! Es gehen noch andere aus meiner Schule hin! Und die Karten hat Monas Schwester auch schon besorgt.«

Als Marie noch zögerte, schmollte Jennifer: »Wenn ich dir einen Gefallen tue, dann kannst du mir auch einen tun.«

»Das nennt man Erpressung.«

»Nein«, sagte Jennifer mit Nachdruck. »Das nennt man Diplomatie.«

Ihren Plan, mit dem jungen Mann namens Paule beim Schlittschuhlaufen aufzutauchen, erwähnte sie mit keiner Silbe. Es gab Dinge, die sie lieber für sich behielt. Ihre Mutter musste nicht alles wissen. Sie machte sich sowieso schon zu viele Sorgen.

Der Gast, der jetzt, wie Marie erfuhr, Paule genannt wurde, hatte mehr oder weniger den ganzen Tag geschlafen. Klaglos, aber einsilbig aß er eine kleine Portion Nudelauflauf und sagte, er wolle weiterschlafen. Marie betrachtete ihn noch eine Weile und war sich plötzlich nicht mehr sicher, ob er wirklich schlief. Ein Teil von ihm schien ihr hellwach zu sein. Nachdenklich ging sie zu ihrem Vater in die Küche. »Du musst ihn im Auge behalten. Er darf nicht einfach so abhauen. Wir sind irgendwie für ihn verantwortlich.«

Willi gab sich schuldbewusst und nickte. Um ihn aufzumuntern, erzählte Marie ihm von Tante Agathes Anruf und ihrem Vorhaben, ein Fest für ihn zu veranstalten. Sie hatte sich tagsüber um den Einladungstext gekümmert und dabei sämtliche Vorgaben, die Tante Agathe ihr zugefaxt hatte, ein wenig aufgepeppt. Dichterische Freiheit sozusagen. Der Text, den sie ihrem Vater vorlas, lautete:

*Willi Obermayr, langjähriger Dackelbesitzer und Gelegenheitserfinder, wird in Kürze 68 Jahre alt, eine bedauerliche Entwicklung, vor der man die Augen dennoch nicht verschließen sollte. Diesem Ereignis wollen wir am 15. Dezember klaglos entgegentreten und den äußerst lebenstüchtigen Privatier mit einer Geburtstagsfeier ehren. Dazu laden wir herzlich ein. Folgendes wird geboten:*

*Eine warme Mahlzeit und diverses Naschwerk zu Mitternacht*
*Geistige Getränke nach Wahl*
*Tänzerische Anregungen durch volkstümliche Tonträger*

*Kleidung: altersgerecht, gemessen, nicht zu lebhaft, aber luftig im Ausdruck.*
*Einlass: ab 20 Uhr in der Beletage des Anwesens von Agathe Obermayr.*
*Anmeldungen: bei Marie Obermayr. Tel. 45 95 70.*
*Absagen sind unerwünscht und sinnlos.*
*Von Blumenbouquets ist abzusehen.*

Willi hörte sich den Einladungstext an und kicherte und knurrte abwechselnd. »Des gfoallt mir. Nur der Gelegenheitserfinder ned. Vollzeiterfinder is besser. Außerdem möcht i ned in der Beletage umeinandersitzn. Dös is immer so steif. Nix do, mir gehn zum ›Ochsen‹, i will a Musi und an Tanz. Wie es in der Einladung steht. I hoab Geburtstag, also sag i, wie's gmacht wird.«

»Na ja, du weißt ja, wie störrisch Tante Agathe sein kann.«

Willi kicherte. »I weiß scho. Aber i kann a störrisch sein. Und i weiß, wie i sie um den Finger wickeln kann, wenn ich's will. Sorg di ned, du musst di um nix kümmern, i mach des. I werd die Agathe anrufen und ihr sagn, dass i die Gästelisten selbst schreib. I werd die holbe Stadt einladn. Die Agathe kann drei Freundinne mitbringe, aber i will nix von dene Kulturmuffschluppe sehe, die sie allweil anschleppt. I will ja besonders mit dir und Jennifer feiern. Und mit Paule, so kann i alles wiedergutmache. Wenn er no bei uns is.«

Marie sah ihn liebevoll an. »Das ist nett von dir. Obwohl er bis dahin sicher nicht mehr bei uns ist. Es dauert bestimmt nicht mehr lange, bis sich alles aufklärt.«

Die Geschichte vom Mann, der vom Himmel gefallen war, erwähnte Marie ihrem Vater gegenüber nicht. Sie wollte ihn nicht beunruhigen. Marie wusste, dass ihr Vater nur das Beste für sie und Jennifer wollte, vor allem nach der Trennung von diesem Nichtsnutz, ihrem Exehemann, dessen Namen er sich weigerte, je wieder in den Mund zu nehmen.

Er glaubte unerschütterlich an seine Tochter und war überzeugt davon, dass sie das Richtige tun würde. Sie selbst fühlte sich keinesfalls immer selbstbewusst und sicher in dem, was sie tat. Wie sie mit dieser Situation jetzt umgehen sollte – sie hatte keine Ahnung. Immerhin, lobte sie sich, während sie müde ins Bett ging, hatte sie eines geschafft: ihrem Vater den Autoschlüssel wegzunehmen.

# Kapitel 9

Die Gedanken kreisten in seinem Kopf wie wütende Wespen und brachten Erinnerungsfetzen zurück. Seine Augenlider fühlten sich schwer an. Ihm war, als säße sein geliebter Ausbildungsleiter vor ihm. »Octavio! Du bist gekommen, um mir zu helfen.«

Das Sprechen fiel ihm schwer, die Worte kamen mühsam aus seinem Mund. Er versuchte, lauter zu sprechen, doch ihm versagte die Stimme. Octavio, den er schemenhaft vor sich zu sehen glaubte, redete eindringlich auf ihn ein. Offenbar nannte er wieder und wieder eine Adresse. Auch der Name Servatius fiel. Es war wie ein Traum, er konnte die Gestalten kaum auseinanderhalten. Vor sich sah er wie durch einen Schleier Octavio, zu dem er sprach, aber da war auch Oberengel Servatius, der, wie so häufig, mit Verboten und Ermahnungen um sich warf. Zwischendurch gifteten die beiden sich an, was unter Engeln eigentlich nicht sein sollte, aber dennoch vorkam.

Octavio sagte gerade etwas davon, dass er nicht viel von starren Regeln halte und während seiner Erdeneinsätze zu unkonventionellen Methoden neige, doch Oberengel Servatius, immerhin 42 Hierarchiestufen über ihm, sah die Sache anders.

»Ich wüsste nicht, wann unkonventionelles Verhalten jemals zu etwas Gutem geführt hätte«, konterte er. Paule verstand nicht alles genau, und Traumdeutung war auch nicht seine Stärke. »Manchmal darf man eben in der Wahl seiner Mittel nicht zimperlich sein«, hörte er noch.

Der Traum verblasste, und er kam schlagartig zu sich. Mit einem Mal sah er klarer und, ja, er erinnerte sich daran, wie er zu seinem Auftrag gekommen war. Plötzlich wusste er wieder, dass er nie besonders scharf darauf gewesen war, sich bei einem Erdenauftrag zu bewähren – bis zu dem Tag, als er den Verwaltungsfehler entdeckt hatte.

Da war dieser Mann, dessen Namen Paule dummerweise nicht mehr im Kopf hatte. Dieser Mann war auserwählt für die Melodie des Himmels, was bedeutete, dass er die Liebe seines Lebens treffen würde, eine Frau, die ebenfalls auserwählt war. Den Namen der Frau hatte Paule nie gehört, aber das war nicht weiter wichtig. Der Mann, so die göttliche Vorsehung, würde sie treffen und erkennen. Sie würde ganz und gar zu ihm passen, sie würde sein Leben unvergleichlich schöner und strahlender machen und die Melodie des Himmels für ihn erklingen lassen.

Die beiden sollten sich auf einer Party treffen. Und es lief zunächst auch alles wie geplant. Der Mann tauchte dort auf und lernte eine Frau kennen – nur dass es die falsche Frau war. Die »Richtige«, die Auserwählte, sie war an diesem Abend nicht anwesend.

Wie konnte dieser idiotische Fehler passieren? Von einer Melodie des Himmels konnte keine Rede sein, aber der Mann war geblendet von der Schönheit dieser Frau. So was passierte ja immer wieder. Die beiden verliebten sich und beschlossen zu heiraten. Und zwar bald.

Die andere Frau, die sein Schicksal hätte sein sollen, hatte er bislang kein einziges Mal getroffen.

Verwaltungsengel Nr. 19 hatte keine Ahnung, was eigentlich schiefgelaufen war und warum. Er war aufgeregt zu seinem Vorgesetzten gegangen und hatte auf den Fehler hingewiesen. Der war ein wenig verlegen, wimmelte ihn jedoch letztlich ab, als ginge es um nichts weiter als eine Kleinigkeit. »Fehler passieren, das ist halt so.«

»Aber ein Fehler dieser Größenordnung! Das ist gegen jede himmlische Gerechtigkeit! Es gibt nur wenige Menschen, denen die Melodie des Himmels geschenkt wird.«

Sein Chef wedelte ihn weg wie eine lästige Fliege. »Viel zu aufwendig, an dieser Stelle einzugreifen. Da können wir leider nichts mehr machen.«

Nr. 19 konnte es nicht fassen. Sein Herz schlug heftig, als er vor seinem inneren Auge sah, wie eine tragische Schicksalsdramaturgie ihren Lauf nahm. Er versuchte, mit anderen Registraturengeln zu sprechen, aber niemand wollte ihm zuhören.

Er hatte eine Eingabe gemacht bis hoch zu Servatius, durch alle Stationen. Er wartete, doch er erhielt nicht mal eine Antwort. Einfach nichts. Alle taten so, als sei nichts passiert.

Schließlich war er zu Octavio gegangen.

»Ich könnte die Sache selbst in die Hand nehmen«, hatte er stockend vorgebracht. »Ich könnte auf die Erde reisen und diesem Mann ein Wunder schenken, damit alles in Ordnung kommt. Schließlich haben wir ja die Sache verbockt. Der Mann und diese Frau können nichts dafür.«

Octavio stimmte ihm zu. »Stimmt. Aber leider ist dieser Fehler passiert. Und jetzt ist diese Angelegenheit nicht so einfach zu regeln, wie du dir das vorstellst.«

»Aber warum nicht? Liegt es an mir, liegt es daran, dass ich keine Erfahrung habe, ist es deshalb?«

»Nein, das ist es nicht. Es ist aus verschiedenen Gründen nicht so einfach. Eine solche Mission kann misslingen, trotz aller guter Absichten.«

»Wieso? Die beiden sind füreinander bestimmt. Was soll da misslingen? Sie müssen sich nur endlich treffen.«

»Es ist kompliziert.« Octavio hatte geseufzt. »Dieser Moment der Begegnung, das ist ein magischer Augenblick für die beiden. Und er hätte auch stattgefunden, wenn die Frau auf der Party gewesen wäre. Was unser Computer falsch gemacht hat, ist ja nicht, dass er den Zeitpunkt falsch ausgewählt hat.«

»Sondern?«

»Er hat den Zeitpunkt nicht rechtzeitig verlegt, als klar war, dass die Frau nicht würde kommen können. Es braucht eine bestimmte innerliche seelische Stimmung, damit die beiden einander erkennen. Erst dann passiert der Rest von allein.«

»Und?« Der Verwaltungsengel verstand immer noch nicht.

»Der Computer hat zwar rechtzeitig registriert, dass die Frau nicht kommen würde, und das auch gemeldet. Aber der diensthabende, zuständige Engel hat leider versäumt, die innere Bereitschaft des Mannes abzustellen. Hätte er daran gedacht, hätte sich der Mann wahrscheinlich überhaupt nicht in diese andere Frau verliebt. Und das ist schwer wieder rückgängig zu machen, schließlich müssen wir auch den freien Willen der Menschen berücksichtigen.«

»Aber inwieweit wird denn der freie Wille berücksichtigt bei der Entscheidung, jemandem die Melodie des Himmels zu schenken?«

Octavio hatte ihn angesehen. »Das ist doch klar. Das Geschenk einer überirdischen Liebe ist nur wenigen vergönnt, sie haben es sich gewissermaßen durch die Reinheit ihrer Seele verdient. Es passiert nie, dass dieses Geschenk zurückgewiesen wird, obwohl natürlich theoretisch die Möglichkeit besteht. Praktisch kommt es nie vor, allerdings ist bis jetzt auch noch nie ein Fehler wie dieser passiert.«

»Siehst du, deshalb müssen wir versuchen, den Fehler auszubügeln.« Nr. 19 konnte auf seine Art ziemlich hartnäckig sein.

Octavio hatte lange nichts gesagt. Dann hatte er genickt und ihn für seine leidenschaftliche Wahrheitsliebe gelobt.

»Aber Wahrheitsliebe nützt nichts, wenn ich nicht bereit bin, mich für sie einzusetzen.«

»Ja, vielleicht hast du recht.«

»Sei ehrlich, was würdest du tun?«

»Ich würde es versuchen«, hatte Octavio gesagt. »Aber ich bin anders als du, und ich habe viel mehr Erfahrung. Leider kann ich hier nicht weg.«

»Also werde ich die Sache in die Hand nehmen.« Nr. 19 klang entschlossen. »Was muss ich wissen, was muss ich tun?«

Schließlich hatte Octavio ihn lang und breit über die Schwierigkeiten der Aktion aufgeklärt.

»Ich werde mein Bestes geben«, hatte Nr. 19 gesagt.

»Vergiss nicht, du verfügst über die Intelligenz des himmlischen Universums«, tröstete Octavio ihn.

»Aber nicht über die Intelligenz des irdischen Universums«, sagte Engel Nr. 19 und hatte damit zweifellos recht. Er wusste nur sehr wenig über das Erdenleben. »Habe ich einen Verbindungsengel, zu dem ich Kontakt aufnehmen kann?«

»Leider nein«, sagte Octavio.

In der riesigen Weite des himmlischen Universums konnten sich die Engel untereinander telepathisch verständigen. Auf der Erde war die Materie zu rau, so dass Botschaften nur im Notfall auf direktem Weg empfangen werden konnten.

»Du wirst unfähig sein, zu lügen, allenfalls flunkern ist erlaubt. Du kannst wie alle Engel Gedanken und Seelenzustand der Menschen erfühlen, das ist manchmal angenehm und manchmal nicht. Und vergiss nicht – ich bin in Gedanken bei dir.«

Und hier war er. Einige seiner Gedanken übertrugen sich mühelos, andere kamen nicht durch. So blieb dem Engel, neben etlichen Erinnerungen, vor allem eine Adresse im Kopf, bevor er wieder einschlief.

# Kapitel 10

Am nächsten Morgen, es war noch sehr früh, und noch niemand war aufgewacht, fühlte Paule sich, ermutigt von seinem Traum und seinen wiedergekehrten Erinnerungen, voller Tatendrang. Er stand leise auf und schlüpfte in seine Sachen, die gewaschen und getrocknet über einem Stuhl lagen. Dann nahm er sich einen Wollmantel von der Garderobe, zog sich Stiefel an und setzte sich eine Mütze auf. Mantel und Stiefel passten ihm nicht gut, aber es würde schon gehen. Er wollte das Haus verlassen, bevor irgendjemand erwachen und ihn daran hindern würde. Er strich Alex übers Fell, murmelte leise: »Auf Wiedersehen! Ich werde mich mal ein wenig umsehen in der Stadt«, und schloss die Tür hinter sich.

Inzwischen lag der Schnee ziemlich hoch, und er war froh, dass er Winterstiefel trug. Bei jedem Schritt knirschte der Schnee unter seinen Füßen, und der Engel fand das Geräusch in der Stille sehr schön. Die Sonne schien milchig durch die kahlen Bäume auf den verschneiten Weg, der direkt in die kleine Stadt führte.

Die bayrische Kleinstadt war für Engel Nr. 19 ein Ort, wie er ihn bislang nur aus Erzählungen Octavios kannte. Er war umgeben von kurvigen Straßen, und der Engel fragte sich neugierig, wohin sie wohl führten. Die Bewohner sagten »Stadt« zu ihrer kleinen Gemeinde, und Nr. 19 las in seinem Handbuch, dass sie stolz auf ihre vielen schönen Plätze und ihre bunten Häuser waren.

Er ging die verschneiten Straßen entlang und sah, wie einige Leute ihn musterten. Alle Menschen waren in dicke Schals und Mäntel vermummt, denn die Temperatur lag bei minus acht Grad.

Auch wenn er nur ein Lehrengel war, vermochte er die Menschen ohne Worte zu verstehen, weil er in ihren Gedanken zu Hause war. Es kam ihm so vor, als ob er in ihren Köpfen und Herzen spazieren gehen könnte. Indem er auf diese Weise mit den Menschen Kontakt aufnahm, erreichten ihn verschwommene, schnell wechselnde Bilder und entfalteten einen genauen Eindruck ihres Lebens in diesem Ort. Er sah vor sich, wie es im Winter war, aber auch, wie sich das Leben im Frühjahr und Sommer im goldenen Licht der Sonne gestaltete.

Vor seinem inneren Auge beobachtete er staunend, wie sich alles veränderte mit der Wärme der Sommermonate – alte, große Bauernhöfe, auf denen Misthaufen vor sich hin dünsteten, Bauern, die über ihre Wiesen liefen. Der Engel sah Jugendliche, die sich die Haare wild stylten und nachts herumfuhren auf ihren blanken Mopeds oder in ihren Autos, junge Mädchen, die ihnen dabei Gesellschaft leisteten und davon träumten, aus der kleinen Stadt herauszukommen. Er sah Eltern, die lächelnd auf ihre Kinder schauten, Männer, die im Sommer mit dicken Bäuchen in ihren Gärten und auf ihrer Terrasse hockten und mit anderen Männern Bier tranken. Er sah Frauen, die von einem stürmischen Ausflug ins Großstadtleben nichts als ein uneheliches Kind mitgebracht hatten und nun auf den vielen Stadtfesten nach einem neuen Mann Ausschau hielten. Er sah Frauen, die sich immerzu Sorgen machten um ihr Aussehen, die nächsten Rechnungen, den Rasen vorm Haus. Und er sah Frauen, die für ihre Männer und Kinder immer nur das Beste wollten. Manchmal waren es die gleichen Frauen.

Es gab hier, wie überall auf der Welt, die Geizigen, die nie etwas von sich hergaben, und es gab die Melancholischen, die häufig unter die Räder kamen. Doch viele Bewohner dieser kleinen bayrischen Stadt, das erkannte der Engel, führten ein beschauliches, schönes Leben ohne große Kümmernisse.

Es brauchte nur diese paar Minuten der Erkenntnis, um den Engel ganz und gar für diesen Ort einzunehmen. Er beschloss, sich weiter umzusehen und auf den Marktplatz zu gehen. Hier gab es hübsche bunte Häuser, Schulen, Banken, es gab Läden mit schönen Dingen darin. In den Straßen, die vom Platz wegführten, erkannte er eine bunte Tankstelle, ein Postgebäude, mehrere Restaurants und Kneipen und Supermärkte. Auf dem Platz selbst staunte er über einen Markt, der trotz des eisigen Wetters und des Schnees viele Stände mit Früchten und Gemüse bot. Auch gab es in der kleinen Stadt, wie er zu seiner Freude feststellte, mehrere Kirchen.

Er ging weiter, angezogen von einer großen Menschenmenge, die sich an einem kleinen Bahnhof zusammendrängte. Es waren vor allem junge Menschen, die aufgeregt winkten, immer wieder »Emily, Emily« schrien und kleine Fotoapparate in die Luft hielten. Ein Bahngleis war vollkommen menschenleer, und zwei Polizisten achteten darauf, dass die Menschen hinter einem roten Band stehenblieben. Die Jugendlichen kreischten die ganze Zeit irgendwelche Parolen, von denen er die meisten nicht verstand, und einen Moment lang hatte er die schreckliche Vorstellung, der Empfang sei vielleicht eigens für ihn. Aber das konnte nicht sein und wäre auch nicht gut. Niemand wusste, wer er war, und das sollte auch so bleiben. Er wollte keinerlei Aufsehen erregen, sich in Ruhe umsehen und dann zu der Adresse gehen, die ihm im Traum erschienen war. Da die Bahnschranke geschlossen war, blieb er stehen und beobachtete neugierig die einfahrende S-Bahn, die schnaufend hielt.

Schließlich glaubte er die Person zu erkennen, der alle zujubelten und zuwinkten. »Emily, hierher schauen bitte! Emily, wir lieben dich!« Emily war offenbar die junge Frau mit den langen, roten Haaren, die gerade aus dem zweiten Waggon des Zugs ausgestiegen war. Sie wurde von zwei riesigen Kerlen abgeschirmt, während die Polizisten die Jugendlichen zurückdrängten.

»Emily, Emily!«, schrien die Jugendlichen wieder und wieder, und die rothaarige Frau lächelte und winkte. Sie ließ sich von ihren Beschützern einen Weg durch die Menge bahnen. Ihr folgte ein kleines Mädchen, das eine Puppe in der Hand hielt. Sie sah wütend aus. Als eine der Frauen, die nun auch ausgestiegen waren, nach ihrer Hand greifen wollte, stieß sie sie weg und schüttelte heftig den Kopf.

Der Engel stand etwas abseits und wunderte sich über die begeisterten Jugendlichen. Was sie wohl wollten von der jungen Frau? Emily war inzwischen winkend und lächelnd den Bahnsteig entlanggegangen und bewegte sich auf einen kleinen Bus zu, der auf dem Bahnhofsvorplatz bereitstand. Plötzlich drehte sich die rothaarige Emily zu ihm um. Er stand sicher zehn Meter weit weg, abseits der Menge, aber sie sah ihn an. Sie lächelte, und er lächelte zurück. Lächeln, hatte Octavio gesagt, ist immer gut. Nur nicht zu lang.

Er bemerkte, wie sich sein Herzlicht regte, und nahm schnell seine Mütze ab, um es zuzudecken. Er wollte keinerlei Aufsehen erregen. Dann hob er die Hand und winkte dem kleinen, wütenden Mädchen zu. Sein Herzlicht flackerte auf und schickte Funken in Richtung des kleinen Mädchens. Es zögerte einen Moment, dann starrte es ihn ungläubig an, als hätte es einen Geist gesehen. Dann lächelte es ihm zu und winkte stürmisch zurück.

»Come on, let's go«, forderte einer der großen Männer das Kind auf, bevor er es hochhob und in den Bus verfrachtete. Es winkte noch, bis der Bus um die nächste Ecke verschwand.

Er hatte aufgehört, zu winken, denn er wollte nicht weiter auffallen. Dummes Herzlicht, dachte er. Offenbar hatte er es überhaupt nicht mehr unter Kontrolle, und es meldete sich, wann es ihm passte. Voller Erwartung stapfte er weiter, um sich die Stadt anzusehen und den Laden zu suchen, in dem er eine Nachricht von Octavio empfangen sollte. Wie sollte er ihn nur finden? Die bayrische Stadt war keineswegs so klein, wie er es sich vorgestellt hatte.

Marie geriet in Panik, als sie, Jennifer und ihr Vater am nächsten Morgen feststellen mussten, dass ihr Gast sich davongemacht hatte.

»Der kimmt scho wieder«, sagte Willi wenig überzeugend. »Bstimmt. Koa Panik ned.« Jennifer war besonders lieb zu ihrer Mutter, deren Nervosität nicht zu übersehen war. Viel Zeit, sich aufzuregen, blieb Marie allerdings nicht. Sie musste in die Redaktion und dann zu ihrem Interview. »Ruf mich an, wenn er wieder auftaucht«, schärfte sie ihrem Vater ein.

Es schneite wieder leicht, dazu schien die Sonne strahlend. Marie fuhr langsam durch die Straßen ins Verlagshaus. Sie blieb bis mittags in der Redaktion, mit Telefonaten beschäftigt – darunter ein unerfreuliches mit Tante Agathe, die den Einladungstext zu flapsig fand, und ein erfreuliches mit Eva, die von ihrem Rolf schwärmte und Marie tröstete, als sie erfuhr, dass der geheimnisvolle Fremde einfach abgehauen war. »Mach dir keine Sorgen, ihm wird schon nichts passieren. Männer sind robust und schnell wieder auf den Beinen in diesem Alter.«

Am frühen Nachmittag zog Marie ihre schwarzen Schneeschuhe über und machte sich auf zu dem Hotel, in dem Emily Handerson abgestiegen war. Es war das erste Haus am Platze, klein, behaglich, bayrisch. Marie fragte sich, ob Emily Handerson während ihrer Deutschlandtour mit Schnee gerechnet und entsprechende Garderobe eingepackt hatte.

Eine strenge Frau mit harter Brille und energischem Gebaren fing sie an der Rezeption ab. Sie stellte sich als Miss Manchester vor und erklärte Marie, das Gespräch könne lediglich zwanzig Minuten dauern, Miss Handerson sei erschöpft.

Dann dauerte es eine Weile, bis der erschöpfte Superstar erschien.

Emily Handerson trug rosafarbene Leggins, warme Hauspantoffeln und einen rosafarbenen Pullover, auf dem »No. 1« stand. Sie sah eigentlich überhaupt nicht erschöpft aus. Sie war zart und hübsch, hatte ihre Haare zum Pferdeschwanz gebunden und wirkte gänzlich ungeschminkt.

»Hi, I'm Emily.«

Sie reichte Marie eine schmale, kühle Hand, ließ sich ihr gegenüber in einem Sessel nieder und bat Miss Manchester, Tee mit Honig zu besorgen. Marie fand sie sympathischer, als sie erwartet hatte, und viel natürlicher als im Fernsehen. Sie stellte ihre Fragen, und Emily erzählte von ihrer Musik: wer ihre Lieder komponierte (ein gewisser Dave Miller, der einfach ein Genie war), welche Vorbilder sie hatte (Madonna, sie war unübertroffen), wie sehr sie sich über den Schnee freute (»wonderful«) und wie köstlich das bayrische Weißbier sei. Sie wirkte professionell und auf eine kindliche Weise artig. Plötzlich kicherte sie und sagte: »It was my daughter, meine Tochter hat heute Morgen etwas Außergewöhnliches gesehen – einen Engel. Maybe you should interview him. He just stood there, near the S-Bahn, and smiled.«

»Pardon?«, fragte Marie höflich. Sie traute ihren Ohren nicht. Gerade hatte sie beschlossen, Emily Handerson doch ganz nett und natürlich zu finden, aber das, was sie da gerade von sich gab, hörte sich an, als hätte sie Halluzinationen oder wäre komplett verrückt.

Marie wusste, dass Emily Handerson eine fünfjährige Tochter hatte, die sie häufig auf ihre Reisen mitnahm. Die Tochter hieß Sole, und Emily hatte panische Angst, dass ihr etwas zustoßen könnte. Die Folge war, dass sie, sehr zum Verdruss ihres Managements, nie mit dem Auto reiste, sondern grundsätzlich nur Bus und Bahn fuhr. Nach ihrem Konzert in München war sie deshalb mit der S-Bahn in die Provinz weitergereist. Tja, und als sie ankam, stand offenbar ein Engel am Bahnsteig herum und lächelte.

»Tell me more«, bat sie Emily Handerson, die jetzt hellwach wirkte. Sie trank ihren Tee und blickte Marie verschwörerisch an. Miss Manchester hatte, sehr zu Maries Erleichterung, das Zimmer verlassen, während sie leise und aufgeregt in ihr Handy sprach.

Der Engel stand nicht am Bahnsteig, korrigierte Emily, sondern auf dem Bahnhofsvorplatz. »He just stood there and smiled«, wiederholte sie. »Aber wissen Sie was, Sole kann Ihnen das selbst erzählen.« Sie rief nach ihrer Tochter, und während die beiden Frauen warteten, setzte Emily Marie geduldig auseinander, dass es eigentlich ihre Tochter gewesen sei, die den Engel als Engel erkannt habe. Ihr selbst sei nichts Besonderes aufgefallen, sie habe vor allem die vielen Leute wahrgenommen. Und Marie wisse ja wohl, dass Kinder eine besondere Gabe hätten, Engel zu erkennen, oder?

Davon wusste Marie bislang nichts. Ihr waren nie irgendwelche Engel erschienen, Jennifer hatte als Kind keinerlei Kontakt zu Engeln aufgenommen und würde jetzt schwerlich damit anfangen. Doch sie nickte höflich und widersprach nicht.

Auftritt Sole. Ein kleines, blondes Mädchen mit Pferdeschwanz kam rein, sagte »Hi« und schmiegte sich an seine Mutter. Sie hatte ein hübsches, rotes Strickkleid mit blauen Punkten an. Marie wurde einer nicht gerade freundlichen Musterung unterzogen.

»Tell her about the angel, darling«, forderte ihre Mutter sie auf. Sole sagte nichts und musterte Marie weiter misstrauisch. Offenbar, dachte Marie, bin ich nicht würdig, über diese ungewöhnliche Begegnung unterrichtet zu werden.

»Er stand also einfach da und lächelte?«, fragte Marie.

»Yes«, sagte Sole sehr ernsthaft und nickte. Dann erzählte sie weiter: »Der Engel war überirdisch schön. Er hatte so ein helles Licht um seinen Bauch herum, ja, der ganze Bahnhof sah aus wie in goldenes Licht getaucht.«

»Hatte er Flügel?«

»Nein«, sagte Sole energisch und schüttelte erstaunt den Kopf. »It was too cold. Er hatte einen blauen Mantel an und eine rote Mütze auf.«

Marie nickte. Klar, die übliche Tarngarderobe für Engel. Sie überlegte kurz. Es hatte keinen Sinn, phantasiebegabten Kindern etwas auszureden. Wahrscheinlich war das Kind einfach ein bisschen durcheinander, fühlte sich fremd auf dieser Reise mit den täglich wechselnden Städten, Hotels und Auftrittshallen. Und der vermeintliche Engel war wahrscheinlich irgendein junger Fan, der Emily angegrinst hatte wie ein verliebter Idiot. »Why are you so convinced that it was an angel? Was macht dich so sicher, dass es sich um einen Engel handelte?«, fragte Marie.

Jetzt sahen Sole und Emily Handerson Marie an, als hätte sie nicht alle Tassen im Schrank. »Ein Engel ist ein Engel. Man weiß es, wenn man einen vor sich hat.« Das behauptete Sole mit erstaunlichem Selbstbewusstsein, dann stand sie auf und verließ das Zimmer. Die Audienz, die sie Marie gewährt hatte, war beendet.

Marie schwieg, und Emily, sichtlich entzückt über ihre so bemerkenswerte Tochter, rührte in ihrer Teetasse und ließ ihren Blick an Marie vorbei in die Ferne schweifen. »Ja, so hat sie es mir auch erzählt. Sie glaubt, dass es ein vom Himmel herabgestiegener Jüngling war. Sie ist ganz fasziniert und spricht von nichts anderem mehr. Immer wieder sagt sie: ›Mum, er hatte so viel Licht um sich herum.‹ Das Licht umgab ihn ganz und gar, verstehen Sie?«

Als Marie nicht umhinkonnte, skeptisch das Gesicht zu verziehen, lächelte Emily nachsichtig und machte ihr ein Geständnis: »Ich glaube an Gott. Wer nichts hat, an das er wirklich glaubt, kommt in meinem Business schnell unter die Räder.«

Marie verkniff sich alle Skepsis und nickte verständnisvoll. Sie selbst war nicht besonders religiös, hatte aber Respekt vor dem Glauben anderer Menschen.

Emily lächelte sie freundlich an. »Sie glauben meiner Tochter nicht, das merke ich. Müssen Sie auch nicht. Aber ich habe gleich nach dieser Begegnung heute einen Song geschrieben über den Engel. Der Song heißt ›Bavarian Angel‹, und ich werde ihn so bald wie möglich im Studio aufnehmen und rausbringen. Und heute Abend werde ich ihn zum ersten Mal singen. Wenn Sie wollen, dürfen Sie das gern veröffentlichen, es ist exklusiv.«

Ihre Stimme klang fast trotzig, und Marie hatte jetzt noch mehr Respekt vor ihr. Diese Emily hielt bedingungslos zu ihrer Tochter, stand ein für das, was sie glaubte, und hatte keine Angst, sich lächerlich zu machen. Diese Haltung imponierte Marie. Hätte sie nicht als Mutter genauso gehandelt? Überhaupt war Emily Handerson viel weniger albern und kindisch, als sie erwartet hatte. So viel zum Thema Vorurteile, dachte sie.

Sie bedankte sich bei Emily für ihr Vertrauen und fragte, ob sie die Geschichte mit allem Drum und Dran so schreiben dürfe.

Emily bestätigte es ihr und meinte, das würde ihrer Tochter sicher gefallen. Dann erinnerte sie Marie noch einmal daran, dass ihre Tochter gesagt habe, der Engel habe einen blauen Mantel und eine rote Mütze getragen. So wäre es sicher einfach, ihn zu finden.

»Oh, sure, quite easy«, sagte Marie, wenig überzeugt.

Emily stand auf. »Ach ja, und übrigens, als ich ins Hotel kam, lag in meinem Zimmer eine Feder. Wie von einem Engelsflügel. Ich nehme das als Zeichen.«

»Oh, könnte ich die Feder sehen, würden Sie sie mir zeigen?« Marie fand, Beweise in dieser Angelegenheit könnten äußerst hilfreich sein.

»Bedaure, Ihre Zeit ist um«, sagte Miss Manchester, die in diesem Moment wieder hereinkam. Sie wirkte irgendwie sauertöpfisch. Kein Wunder, dass die kleine Sole einen Engel herbeisehnte. Emily lächelte, nickte der strengen Frau kurz zu, bat Marie, einen Augenblick zu warten, und verschwand im Fahrstuhl.

»Wir sind gleich fertig«, sagte Marie zu Miss Manchester, die energisch auf ihre Uhr klopfte. 20 Minuten waren längst vorbei. Marie überlegte. Was sollte sie ihrem Chef sagen? Emily Handersons Tochter Sole hat am S-Bahnhof einen Engel gesehen und ist ganz verzückt deswegen? Zum Beweis hat ihre Mutter gleich ein Lied komponiert und mir eine Hühnerfeder präsentiert, die sie zwischen ihren Brillanten aufbewahrt?

Emily kam zurück und reichte Marie eine zarte, weiße Feder. Sie sah aus wie eine beliebige weiße Feder, und Marie konnte an ihr nichts Besonderes erkennen.

»Sie lag auf meinem Bett, und ich glaube, dieser Engel will mir etwas damit sagen«, erklärte Emily Handerson. »Oder meiner Tochter. Und es ist sicher kein Zufall, dass er nach Bayern gekommen ist. Wahrscheinlich will er den Menschen hier auch etwas sagen. Und da er nun mal hierhergekommen ist, hat er gleich ein bisschen Schnee mitgebracht.« Sie lachte fröhlich.

Ihr Konzert abends, sagte sie zum Abschied, wolle sie denn auch dem unbekannten Engel widmen, alle Lieder ihm zu Ehren singen und hoffen, dass er sie auf ihrem weiteren Weg begleite.

Damit war Marie entlassen. Verwirrt nahm sie die Fotos in Empfang, die Miss Manchester beziehungsweise Emilys Management gnädigerweise zum Abdruck freigab.

Wieder an der frischen Winterluft, beschloss Marie, etwas zu tun, was sie selbst überraschte. Sie fuhr zum S-Bahnhof und fragte nach dem Bahnbeamten, der Dienst gehabt hatte, als Emily Handerson ankam.

»Heute Vormittag war das. Gegen zehn Uhr. Da war richtig viel los hier«, sagte der ältere Bahnbeamte freundlich. »Da war so viel los wie lange nicht. Der Bahnhof voll mit schreienden Teenies. Haben wahrscheinlich extra schulfrei bekommen, denke ich. Meine beiden Enkelinnen waren auch dabei, Zwillinge, neun Jahre alt. Die haben alle CDs von dieser Emily. Machen gerade furchtbaren Ärger, weil sie heute Abend nicht ins Konzert dürfen. Aber da spielt meine Tochter nicht mit. Sie ist als Mutter sonst nicht gerade streng, aber ein Popkonzert in diesem Alter, das kommt nicht in Frage.«

Marie nickte. »Meine ist zwölf, sie geht mit ihrer Freundin und deren älterer Schwester hin. Ist Ihnen sonst etwas aufgefallen, irgendetwas Außergewöhnliches?«

»Mit der nächsten S-Bahn kam eine größere Reisegruppe aus Rosenheim«, sagte der Bahnbeamte und überlegte. »Aber sonst, ne, eigentlich war sonst nichts weiter. Diese Emily ist ja dann mit ihrer Tochter und ihrem ganzen Tross in einem Bus weggefahren. Die Teenies haben sich zerstreut und sind dann wohl wieder zurück in die Schule gegangen. Was weiß ich, jedenfalls war danach wieder Ruhe.«

Tja, dachte Marie, demnach zeigte sich der Engel nur Auserwählten. Oder Emily Handerson und ihre Tochter waren nicht auserwählt, sondern durcheinander. Die Zahl der Durchgeknallten in ihrem Leben nahm in letzter Zeit rasant zu. Eine beunruhigende Entwicklung.

Sie stapfte durch den Schnee zu ihrem Wagen, einem treuen Toyota, der sie noch nie im Stich gelassen hatte. Zurück in der Redaktion, schrieb sie das Interview wortgetreu auf. Vor allem die Sache mit dem Engel.

Mit dem fertigen Text ging sie zu Radler und beobachtete ihn, während er alles durchlas. Er runzelte die Stirn und schüttelte ungläubig den Kopf. Dabei wippte er mit einem Fuß auf und ab, ein Zeichen dafür, dass er aufgeregt war. »Die Tochter, diese Sole, hatte also so 'ne Art Engelserscheinung? Hier bei uns? Auf dem Bahnhofsvorplatz?«

Er konnte es nicht fassen. Engel kamen in seinem Kosmos nicht vor. Was sollte er auch mit ihnen anfangen? Nach allem, was man wusste, waren sie geschlechtslos. Sie hatten nicht einmal Brüste. Aber die Geschichte gefiel ihm, er witterte einen großen Coup. »Wem hat diese Handerson noch Interviews gegeben?«, fragte er.

»Keine Ahnung. Hier wahrscheinlich niemandem mehr, sie hat doch gestern den lieben langen Tag in München bereits sämtlichen Kollegen Rede und Antwort gestanden. Sie hat alles durch, Radiosender, Fernsehsender, alle Zeitungen, alle Magazine.« Marie machte eine Pause. »Das mit dem Engel und dem Song, den sie geschrieben hat und heute Abend zum ersten Mal singen will, das haben wir exklusiv«, sagte sie. »Es sei denn, sie hängt sich jetzt noch ans Telefon und ruft irgendwelche Journalisten an, die sie kennt. Aber ich glaube nicht, dass sie das tut.«

»Ausgezeichnet, ausgezeichnet«, sagte Radler und rieb sich die Hände. »Wir bringen die Geschichte ganz groß, mit vielen Fotos, und stellen außerdem einen Aufruf dazu. Wer hat diesen mysteriösen Engel von Emily Handersons Tochter gesehen?«

Marie war nicht wohl bei der Sache. »Aber damit bringen wir doch zum Ausdruck, dass wir der Meinung sind, an dieser Engelgeschichte sei was dran. Machen wir uns damit nicht lächerlich?«

»Keineswegs. Sehr viele Leute glauben an Engel. Was spricht dagegen, eine entsprechende Umfrage zu starten? Du wirst sehen, wir werden Zuspruch bekommen, und die Leser werden uns lieben.«

Marie blieb skeptisch. »Ist das ernst gemeint?«

»Natürlich meine ich das ernst! Mei, Marie, überleg doch mal: Selbst wenn diese Emily Handerson einen an der Waffel hat, wird sie heute Abend in der Stadthalle dieses Lied über den bayrischen Engel singen. Wer von uns geht da überhaupt hin? Ach ja, die Praktikantin, gut. Also, Emily wird dieses neue Lied singen. Und wir haben morgen die Geschichte dazu. Und wenn sie jetzt nicht die gesamte Presse informiert, um sich wichtigzumachen, sind wir die Einzigen, die die Story haben!« Er klatschte in die Hände. »Gut gemacht, Marie! Wirklich gute Arbeit! Selbst wenn du eine Skeptikerin bist und weder an Gott noch an die Liebe glaubst, das hast du sauber hingekriegt.«

»Moment mal, keine Verleumdungen. Gott und die Liebe, das sind ja wohl zweierlei«, protestierte Marie.

»Schon recht, Marie. Da kommt eines Tages schon noch einer.« Radler zwinkerte ihr zu. »Ich halt mich ja eher an das Motto: Don't marry, be happy.« Radler war unverheiratet und ein echter »Homme à femmes«, wie Marie gern spöttisch sagte. Er hatte drei feste Freundinnen, eine Holländerin, eine Französin und eine Hamburgerin, die alle nichts voneinander wussten und regelmäßig zu Besuch kamen. Sie sahen sich auf eine irritierende Weise ähnlich, und Radler hielt sie mit kleinen und größeren Geschenken bei Laune. Dazu kamen Affären in der näheren und weiteren Umgebung, wann immer sich die Gelegenheit bot – Radlers amouröse Betriebsamkeit war beachtlich.

Marie war froh, dass sie so gar nicht in Radlers Beuteschema passte, auf das er stur festgelegt war: blonde Haare, üppige Formen, lange Fingernägel, zartes Stimmchen, ausgeprägter Hang zur Anbetung seines männlichen Genies. Doch sie schätzte Radler als Chef und freute sich deshalb über sein Lob.

Zu ihrer Erleichterung machte Emily keinerlei Probleme beim Autorisieren des Textes. Nachdem alles fertig war, lautete die Schlagzeile: »Emily Handerson: ›Meine Tochter sah einen Engel.‹« Weiter unten, nach dem ausführlichen Artikel über die wundersame Erscheinung, Emilys Religiosität und das neu komponierte Lied, folgte die Aufforderung, dass alle, die den Engel auch gesehen hätten, sich umgehend in der Lokalredaktion melden sollten.

»Erst dieser funkensprühende Mond, jetzt ein Engel am Bahnsteig mit Mantel und Mütze. Nicht übel, nicht übel«, sagte Radler. »Einer der vielen Fans müsste diesen geheimnisvollen Strahlejüngling doch gesehen haben, wenn er wirklich da war und dieser Sole zugewinkt hat. Sag mal, wie kann man sein Kind nur Sole nennen? Ich glaube natürlich keine Sekunde, dass es sich um einen Engel handelt, aber vielleicht können wir die Geschichte ein bisschen weiterstricken. Schließlich ist bald Weihnachten.«

Wie sich zeigte, war Radlers Chefredakteur in München sehr angetan von dem Artikel.

»Tja, Marie. Wer hätte gedacht, dass du Sinn für Himmelsboten hast«, sagte Lin. In ihrer Stimme lag ein gewisser Spott.

»Du bist ja nur neidisch, dass ich die Story an Land gezogen habe.« Nur nicht provozieren lassen, dachte Marie. Und von Lin schon gar nicht.

»Nun ja, mein Neid hält sich in Grenzen. Durch diesen Aufruf, den Radler sich hat einfallen lassen, hast du jetzt eine Art Engelskampagne am Hals, du Ärmste. Was meinst du, wie viele Spinner sich daraufhin melden? Hunderte! Ich sage dir, du wirst alle Hände voll zu tun haben.« Lin wandte sich zum Gehen. »Bye-bye, angel«, sang sie und winkte Marie zu.

Marie schaute ihr nachdenklich hinterher. Lin wirkt merkwürdig desinteressiert, dachte sie, sowohl an ihrer eigenen Story als auch an meiner Geschichte. Sie, die doch immer platzt vor Ehrgeiz und sich profilieren will, wo sie kann. Aber was immer auch dahintersteckte, Marie hatte keine Zeit, sich darum zu kümmern.

Jennifer hatte überraschend angerufen und sie gefragt, ob sie sich mit ihr in der Stadt treffen könne. Schließlich war heute das Konzert von Emily Handerson. Sie würde danach nicht nach Hause kommen, sondern bei Mona übernachten.

Marie freute sich darauf, ihre Tochter zu sehen. Von ihrem Vater hatte sie nichts gehört, was wohl bedeutete, dass ihr

Gast bislang nicht aufgetaucht war. Vielleicht war er einfach verschwunden. Auch recht, dachte Marie, dann haben wir unsere Schuldigkeit getan und müssen nicht mit irgendeinem bösen Nachspiel rechnen.

»Marie?« Radler steckte den Kopf aus seinem Büro und winkte ihr kurz zu. »Kommst du noch mal kurz rein, bevor du gehst?«

»Bin gleich da.« Marie räumte einige Unterlagen in ihre Tasche, zog ihren Mantel an und klopfte pro forma an Radlers Tür, bevor sie eintrat. »Was gibt's, Chef?«

Er wirkte verändert. Seine Ausgelassenheit war wie weggeblasen. »Marie, kannst du morgen etwas früher kommen? So gegen neun Uhr? Ich muss etwas mit dir besprechen.«

»Sicher. Worum geht es?«

»Das erfährst du morgen. Geh jetzt und mach dir einen schönen Abend.« Er tat geschäftig und sah Marie kaum an. Er wirkte verlegen, was bei ihm äußerst selten vorkam. Das hätte Marie zu denken geben sollen. Tat es aber nicht.

Marie ging in ihr Stammcafé, wo Jennifer bereits vor einer großen Tasse Kakao saß. Ihre Haare leuchteten, und sie winkte stürmisch, als sie Marie sah. Nanu, woher kamen diese plötzlichen Begeisterungsstürme für ihre Mutter?

»Servus, mein Schatz.« Sie gab ihrer Tochter einen Kuss auf die Stirn, ließ ihren Mantel auf einen der Stühle fallen und setzte sich. »Wie war es in der Schule?«

»Wie immer.« Jennifer sah sie ungeduldig an. »Erzähl schon. Ich muss ja bald weg. Wie ist sie so, Emily Handerson? Du hast sie doch heute interviewt. Mona ist ganz neidisch, weil ich jetzt von dir alles aus erster Hand erfahre.«

Marie bestellte einen großen Teller Bohneneintopf. Sie hatte seit dem Frühstück kaum etwas gegessen. Dann erzählte sie von dem Interview und von Emilys Tochter Sole. Jennifer sah sie mit großen Augen ungläubig an.

»Eine Engelserscheinung? Am Bahnsteig? Das ist ja eine krasse Geschichte.« Sie schüttelte den Kopf und hob kurz an, etwas zu sagen, klappte den Mund dann aber wieder zu, als habe sie es sich anders überlegt. »Also, das klingt sehr eigenartig. Und du hast das alles genau so geschrieben?«

»Sicher. Es ist ein Interview. Emily hat den Engel ja nicht gesehen, sondern ihre Tochter. Aber Emily hat gleich dieses Lied komponiert, natürlich, weil sie ihrer Tochter glaubt.« Marie löffelte bedächtig ihre Suppe.

»Sie wird den Song heute Abend singen. Du erlebst also eine Premiere. Komponieren und dichten kann sie ziemlich flott, wenn du mich fragst. Und dem Engel zu Ehren will sie es heute Abend zum ersten Mal singen.«

»Heute Abend! Und ich und Mona sind live dabei«, jubelte Jennifer. »Und außerdem habe ich die tollste Mutter der Welt!«

»Das hört man gern.« Marie lächelte und schob den Suppenteller von sich. »Sag mal, war eigentlich schulfrei heute, weil sie mit der S-Bahn einlief? Ich habe gehört, es waren sehr viele Teenies am Bahnhof.«

»Die Kleinen sind mit ihren Lehrern hingegangen, aber uns wollten sie nicht lassen«, sagte Jennifer. Es entstand eine Pause.

Marie schaute auf die Uhr. »Und, was ist mit dir, glaubst du an Engel?«

Jennifer rührte nachdenklich in ihrer Tasse und sah hinaus auf die verschneiten Straßen.

»Warum nicht? Ein Engel, geschickt zur Weihnachtszeit, um den Menschen zu helfen, an den würde ich sofort glauben. Aber warum sollte er dann nicht aussehen wie ein Engel, sondern wie, na ja, wie einer von uns?«

Marie nickte. »Vielleicht einer von der praktischen Sorte, einer, der sich Mütze und Mantel überzieht, bevor er in die Kälte hinausgeht. Wie auch immer. Ich bin Journalistin und kann einfach nicht glauben, dass ein Engel hier landet wie ein Ufo.«

»Also, Mama, ein Ufo wäre auch eine echte Sensation«, sagte Jennifer. »Aber irgendwie hat Emily schon recht: Du solltest diesen Engel finden und ihn interviewen.«

»Wieso ausgerechnet ich? Es gibt sicher einige andere Kollegen bei uns in der Redaktion, die etwas mehr Neugier aufbringen. Und sei ehrlich, wenn die ganze Sache nichts mit Emily Handerson zu tun hätte, würde es dich nicht so interessieren, stimmt's?«

Jennifer grinste. »Stimmt nicht. Da wären noch einige andere, die ich auch interessant fände, aber Emily ist natürlich im Moment my favourite. Ach, kannst du mir noch ein bisschen Geld geben für heute Abend?«

»Sicher. Ich habe übrigens Monas Mutter angerufen und ihr gesagt, dass ich dir das Geld für die Karten gebe. Ich will nicht, dass du dort übernachtest und Monas Schwester dich auch noch einlädt. Das ist zu viel des Guten.«

Marie legte 80 Euro auf den Tisch. »Das sollte reichen.«

»Danke, Mama.« Jennifer verstaute das Geld in einer roten, unförmigen Lacktasche. »Aber jetzt erklär doch mal, wieso willst du nicht an dieser Engelsache dranbleiben, jetzt, wo ihr diesen Aufruf gestartet habt?«

»Na ja, es gibt da noch einige andere Dinge, die im Moment meine ganze Aufmerksamkeit erfordern.« Marie senkte ihre Stimme. »Du weißt schon, Paule, unser geheimnisvoller Gast. Hast du ihn zufällig gesehen im Laufe des Tages?«

Jennifer schwieg einen Moment, dann seufzte sie. »Nee. Er ist wahrscheinlich abgehauen. War ihm wohl zu langweilig bei uns.« Sie gab sich einen Ruck. »Schade. Eigentlich wollte ich ihn fragen, ob er am Samstag mit mir zum Schlittschuhlaufen geht.«

»Lieber Himmel, wie kommst du denn auf diese Idee? Der Mann ist mindestens zehn Jahre älter als du.«

Jennifer nickte und stand auf. »Das ist ja der Witz, Mama. Ich muss los.« Sie drehte sich ihren überlangen bunten Schal einige Male um den Hals und zog ihren schwarzen Mantel an. »Servus, Mama. Ich freu mich so auf heute Abend.«

Jennifer gab ihrer Mutter einen raschen Kuss und verließ winkend das Café.

Marie sah ihr nach. In ihrem Blick lagen Stolz und Rührung. Auf welch innige Weise ich mich ihr verbunden fühle, dachte sie. Als wäre sie eine wundersame Erweiterung meiner Person. Und das ist sie ja auch. Sie winkte der Kellnerin, um zu zahlen. Während sie nach Hause fuhr, pfiff sie vor sich hin und fühlte sich unbeschwert und fröhlich.

# Kapitel 11

Der Engel namens Paule war auf der Suche nach der Adresse, die ihm im Traum erschienen war, eine Weile durch die Stadt gegangen. Schließlich betrat er eine Kirche, an der er schon einige Male vorbeigegangen war. Es war eine große Barockkirche mit vielen goldenen Engelfiguren. Sieh mal an, wie hübsch, dachte er. Die lieben Kollegen, vielleicht ein wenig zu dick, aber sonst sehr nett anzusehen.

Er sah sich um und stieß zu seiner Überraschung in einer der hinteren Ecken auf einige Kinder, die in Kostümen herumsausten. Ein kleines Mädchen lief auf ihn zu und rief: »Hallo, wir sind die Kindertheatergruppe. Schaust du uns zu?«

Paule lächelte und nickte, und das Mädchen kam näher und zupfte an seinem Mantel. »Bist du echt?«, flüsterte sie. »Oder tust du nur so?«

Paule erschrak. Was meinte das Mädchen damit? Sah er etwa nicht ganz normal aus mit seinem Wintermantel und seiner roten Mütze? Er wollte auf keinen Fall auffallen. Bevor er antworten konnte, schob sich ein älterer Mann an dem Mädchen vorbei. »Die Kinder proben für eine Theateraufführung. Das Stück heißt ›Der König und der Esel‹«, sagte er und musterte den Kirchenbesucher neugierig. »Deshalb können Sie die Kirche jetzt nicht besichtigen. Ich bin Pater Hermann. Und Sie sind ein neues Gemeindemitglied, nehme ich an.« Sie gaben sich die Hand, Paule stellte sich als Paule vor und sagte, er sei Student.

»Ah, dann suchen Sie sicher einen Job. Ich glaube, Bruno Fischer drüben in seiner Buchhandlung sucht jemanden. Er könnte wirklich Hilfe brauchen, gerade jetzt, wo das Weihnachtsgeschäft losgeht. Vielleicht wäre das ja was für Sie. Man sollte allerdings ein bisschen Ahnung von Büchern haben.«

Paule bedankte sich, winkte den Kindern zu und verließ die Kirche. Bruno Fischers Laden war die Adresse, die er sowieso gesucht hatte, wie er jetzt erkannte. Er ging durch den Schnee auf die Buchhandlung zu, überm Eingang hing ein Schild, auf dem in grüner Schrift »Brunos Buchladen« stand. Er trat sich die Stiefel ab und öffnete die Tür. Die Ladenklingel läutete, und eine Stimme rief von hinten: »Ich komme gleich, sehen Sie sich schon mal um.«

Rechts und links standen deckenhohe, dunkle Holzregale, über und über mit Büchern gefüllt. Paule war fasziniert. Er ging langsam die Regalreihen entlang und strich mit den Fingern behutsam über die Buchdeckel. »Hätte man nur all diese Bücher gelesen«, sagte er halblaut. »Wäre das nicht wunderbar?«

»Manches von diesen Machwerken lohnt nicht«, ertönte die Stimme nun hinter ihm. Er drehte sich um und sah sich einem großen, schlanken Mann gegenüber, der einen schwarzen Schnurrbart trug.

»Guten Tag«, sagte Paule höflich. »Sie haben sehr schöne Bücher.«

Bruno Fischer lächelte. »Danke. Sehr freundlich.«

Von einer Sekunde auf die andere wurde Paule von seinen Eindrücken geradezu überschwemmt, so dass ihm einen Moment lang schwindlig wurde. Es war, als liefe im Zeitraffer die Lebensgeschichte von Bruno Fischer vor ihm ab. Lieber Himmel, dieser Mann hatte wirklich Probleme!

Bruno Fischer gehörte zu den Melancholikern, zu denen, die leicht unter die Räder kommen. Er hatte eine Scheidung überstanden, eine unschöne, die ihm immerhin, neben saftigen Unterhaltszahlungen für seine Exfrau, das alleinige Sorgerecht für die gemeinsame Tochter Laura eingebracht hatte. Das allerdings nur, weil Lauras Mutter plötzlich keinen Wert mehr auf ihre Tochter legte, die früher ihr Ein und Alles gewesen war. »Ein Kind lässt sich mit meinen neuen Lebensplänen nicht vereinbaren, Bruno«, sagte sie und schenkte Laura zum Abschied einen Stoffhasen.

Bruno Fischer war immer noch dabei, sich von dem Schock der Trennung zu erholen, er ging durchs Leben wie in Trance. Seine Scheidung nahm er zum Beweis, als Ehemann versagt zu haben, und nun hatte er auch noch das Gefühl, als Vater zu enttäuschen.

Still und in sich gekehrt führte er seinen Laden. Ohne dass er großen Wert darauf gelegt hätte, war er erfolgreich als Buchhändler. Er sah die Leute mit großen, seelenvollen Augen an, und es gab nicht wenige – vor allem Frauen – die seiner Augen wegen bei ihm kauften.

Und da war noch Brunos Tochter, die durch die Stadt trottete, ohne jemanden zu grüßen, die überhaupt kaum sprach und in der Schule gedankenverloren aus dem Fenster sah, als warte sie auf jemanden oder auf etwas. Laura war kein beliebtes Kind, genau genommen, gingen ihr die anderen Kinder aus dem Weg, wann immer sie konnten.

Die Sorge um seine Tochter bedrückte Bruno Fischer am meisten, das begriff Paule in weniger als fünf Sekunden, während er ihn ansah und erklärte, Pater Hermann habe ihm von einem Job erzählt. Vielleicht, dachte Paule, würde Bruno Fischer ihm helfen können. Schließlich musste er ja noch eine Weile in der Stadt bleiben. Wenigstens so lange, bis er seine Zielperson gefunden hatte. Also wäre diese Arbeit in der Buchhandlung ganz praktisch. Und er konnte sich keinen schöneren Ort zum Arbeiten denken.

Bruno Fischer erklärte ihm, er brauche halbtags oder wenigstens stundenweise jemanden, möglichst sofort. Er hatte ihn einige Augenblicke beobachtet, bevor er sich bemerkbar gemacht hatte. So fasziniert Paule von der Fülle der Bücher war, so fasziniert war der Buchhändler von ihm. Dieser junge Mann wirkte so anders als seine sonstigen Kunden. Er wirkte so rein, so ganz und gar unversehrt, einfach makellos und entrückt, wie er da vor den Regalen stand. Bruno Fischer dachte: Von diesem unbekannten jungen Mann geht ein Licht aus, das für mich bestimmt ist. Und ein wenig mehr Licht konnte er gut brauchen in seinem Leben. Eigentlich wartete er seit Jahren darauf.

Er wollte unbedingt, dass der junge Mann den Job übernahm, und sprach deshalb über das kommende Weihnachtsgeschäft. »Letztes Jahr an Weihnachten war es ganz schwierig. So viele Kunden, die nicht nur beraten werden wollten und immer gleich mehrere Bücher kauften, sondern sie auch eingepackt haben wollten, verstehen Sie? Außerdem muss die neue Ware eingeräumt werden. Jetzt ist es noch ziemlich ruhig, aber das wird sich bald ändern.«

Paule nickte. Bruno Fischer nahm das als ermutigendes Signal. »Dazu muss ich mich noch um meine achtjährige Tochter kümmern, sie heißt Laura, und sie hat, na ja, Schwierigkeiten in der Schule, und die Lehrerin sagt, wenn es nicht besser wird mit ihr, sei ihre Versetzung gefährdet, verstehen Sie? Und wenn ich mal in ein alternatives Kino gehen will, bräuchte ich auch jemanden. Das ist ja eine Ecke weg von hier, und ich will nicht deswegen den Laden immer schon zwei Stunden eher zumachen.«

»Sie gehen ins Kino? Sehen Sie gern Clint Eastwood? ›Für ein paar Dollar mehr‹ oder ›Dirty Harry‹?«

Bruno Fischer blickte ihn erstaunt an. »Clint Eastwood, ja, na ja, ich habe ihn gesehen, damals. Dieser Film, den Sie meinen, er ist schon ziemlich alt. Im Moment laufen ja eher andere Filme in den Kinos.«

Bruno Fischer verstummte verwirrt. Dieser Typ hatte offenbar ein Faible für Filme, in denen der Selbstjustiz gehuldigt wurde. Sehr eigenartig. Er hatte nie viel für Clint Eastwood übrig gehabt, diesen Tabak kauenden Stockfisch in seinem zotteligen Poncho. Nicht zu glauben, welche Vorbilder sich junge Männer heute wählten. Er war etwas irritiert, wollte den jungen Mann aber immer noch als Aushilfe einstellen. Vielleicht ist der eine Filmtitel eine Anspielung, dachte er plötzlich. Für ein paar Dollar mehr. Natürlich, das musste es sein. »Ich bezahle Ihnen gern etwas mehr als den üblichen Stundensatz«, sagte er hastig, bevor er einem älteren Ehepaar entgegeneilte, das den Laden gerade betreten hatte. »Entschuldigen Sie bitte«, rief er über die Schulter zurück.

»Gibt nichts zu entschuldigen, solange Sie mir nicht auf meine Schuhe pinkeln«, rief Paule liebenswürdig hinterher und wandte sich wieder den Bücherregalen zu. Dieser Clint Eastwood, das hatte er immerhin verstanden, war nicht nach jedermanns Geschmack. Er verschwand im hinteren Teil des Ladens und sah sich weitere Bücher an.

»Psssst!«, zischte es plötzlich hinter ihm. Er drehte sich um und sah einen Kaktus auf der Fensterbank stehen – seine Kontaktperson, besser seine Kontaktpflanze. Na endlich, Octavio sei Dank!

»Filme«, fragte Paule in seine Richtung. »Welche sind gerade bekannt?«

»Filme, Filme, wer interessiert sich denn schon für Filme!«, antwortete der Kaktus mit leicht näselnder Stimme, die nur Paule vernehmen konnte. Viele Pflanzen sind treuherzig und lieb, stand im Engelhandbuch. Treuherzig klang diese Stimme allerdings ganz und gar nicht.

»Wir befinden uns in einem neuen Jahrhundert, mein Lieber, nur für den Fall, dass dir das entgangen sein sollte. Filme, die gerade Furore machen, heißen ›Harry Potter‹ und ›Bis(s) zum Morgengrauen‹, verabscheuungswürdige Werke, wenn du mich fragst. Ganz und gar nicht nach meinem Geschmack.«

Der Kaktus schauderte empfindsam. Ein sensibler Charakter, dachte der Engel. Allerdings auch einer, der gern doziert.

»Nun, genug davon«, machte sich der Kaktus wichtig. »Ich habe eine Nachricht für dich, von einem gewissen Octavio, so eine Art himmlische Oberinstanz, wie mir scheint. Während du wohl eher zum Fußvolk gehörst.«

»Ich bin nur ein Lehrengel.« Eine Nachricht von Octavio! Paule wurde ganz aufgeregt. Wie wunderbar! Außer natürlich, wenn er zurückbeordert werden sollte. »Was hat Octavio gesagt?«

»Nun, es war letzte Nacht oder besser gesagt heute, in aller Früh. Als er mich anmorste, war ich natürlich außerordentlich geschmeichelt«, näselte der Kaktus. »Ein himmlisches Wesen meldet sich bei mir, bittet mich um Hilfe. Das ist wirklich allerhand und kommt nicht alle Tage vor. Jedenfalls war seine Stimme Balsam in meinen Ohren.« Vor Stolz wurden seine Stacheln ganz rot.

»Was hat er nun gesagt?«

»Nun, es gibt da offenbar einige Unklarheiten, weil du deinen Auftrag vergessen hast. So habe ich es verstanden. Das ist ja wirklich Pech, nicht wahr? Ich meine, ich will dir nicht zu nahe treten, aber ist es nicht seltsam, einen so weiten Weg zurückzulegen, um dann zu vergessen, warum man eigentlich gekommen ist?«

Der Kaktus klang irgendwie schadenfroh, ja sogar ein wenig niederträchtig.

»Es war keine Absicht. Ich bin versehentlich ein wenig vom Weg abgekommen. Es hat was mit der Erdanziehungskraft zu tun.«

»Erdanziehungskraft, davon habe ich selbstverständlich schon gehört. Obwohl ich nicht hier aus der Gegend komme. Ich stamme aus Afrika, man hat mich hierher verschleppt, gegen meinen Willen, wie ich ausdrücklich betonen möchte.«

»Also, wie war nun ...«, versuchte Paule seine Frage zu stellen, doch der Kaktus war nicht zu stoppen.

»Meine ganze Leidenschaft gehört dem großen Romanautor Marcel Proust«, fuhr er unbeirrt fort. »Soll ich dir erzählen aus seinem Werk ›Auf der Suche nach der verlorenen Zeit‹? Alle sieben Bände stehen in dem Regal dort drüben.«

»Nein, danke, vielleicht ein andermal.« Ein schwadronierender Kaktus, das hatte ihm gerade noch gefehlt.

»Bitte sehr, auch recht«, sagte der Kaktus. Er wirkte beleidigt. »Offenbar bist du nur an Filmen interessiert. Nun, da kenne ich mich natürlich auch aus. Wenn du mich fragst, nichts als Gräuel oder dummer Fantasy-Unsinn. Ich habe den Chef allerdings letzte Woche sagen hören, er wolle sich einen alten Lubitsch-Film ansehen. Nun, Bruno Fischer ist ein kultivierter Mensch. Er ist nicht wie die anderen. Es ist ein Unglück, dass er hier in diesem Nest verkümmern muss, wo niemand Sinn hat für Marcel Proust und gute Gespräche.« Er schwatzte weiter, als wäre der Engel gar nicht da, es schien, als höre er sich einfach gern reden.

Der Engel überlegte, wie er diesen Kaktus, den sich Octavio unglückseligerweise als Nachrichtenübermittler ausgesucht hatte, dazu bringen konnte, ihm endlich das zu sagen, was er wissen wollte. »Ich will nicht unhöflich sein, lieber Kaktus«, begann er langsam. »Aber wenn du nicht sofort mit der Nachricht von Octavio rausrückst, hänge ich dich mit deinen Ohren am nächsten Dachbalken auf.«

Der Kaktus verstummte augenblicklich. Dann hüstelte er leicht und flüsterte. »Erstens habe ich keine Ohren, du ungebildeter, ungezogener Geselle! Dass du zu Gewalttätigkeiten neigst, davon hat mir dieser Octavio nichts erzählt. Ich hatte keine Ahnung, dass ich benutzt werden soll, um einem, nun ja, gefallenen Engel zu helfen.«

»Ich bin kein gefallener Engel. Ich habe dich freundlich gebeten, mir die Nachricht zu übermitteln, ohne Erfolg. Außerdem habe ich es nicht so gemeint. Das ist doch nur so eine Redensart.«

Der Kaktus schwieg hartnäckig.

»Wenn ich dich nun aber noch mal sehr freundlich darum

bitte! Es ist wirklich wichtig! Nicht nur für mich. Es geht um das Lebensglück eines Menschen, zweier Menschen, genauer gesagt. So weit kann ich mich inzwischen erinnern!«

Der Kaktus ließ sich nicht erweichen. Beleidigt, wie nur ein Kaktus beleidigt sein kann, dachte der Engel. Unglücklicherweise übertrugen sich seine Gedanken, und der Kaktus schniefte kurz und schwieg weiter.

Schließlich sagte er: »Was kriege ich dafür?«

»Wie bitte? Schon mal was von Nächstenliebe gehört?« Paule war verstört darüber, wie berechnend dieser Kaktus war. »Weißt du nicht, dass Engel Wesen der Liebe sind und dass es eine Übeltat ist, wenn man sie nicht unterstützt?«

»Ich glaube nicht, dass du in der Position bist, Forderungen zu stellen«, sagte der Kaktus in arrogantem Tonfall.

Paule seufzte. »Also gut, ich könnte dir vielleicht Gesellschaft besorgen«, schlug er vor. »Einen zweiten Kaktus, mit dem du dich über Literatur austauschen kannst.«

»Hmph.« Der Kaktus machte keinen begeisterten Eindruck. Er schniefte.

»Oder vielleicht eine andere Pflanze«, sagte der Engel hastig. »Wie wäre es mit einem Farn? Farne gelten als umgänglich und freundlich.«

Den Kaktus schien die Aussicht, bald einen Farn als Gesellschaftspflanze zu bekommen, milder zu stimmen.

»Also gut«, sagte er hoheitsvoll. »Du bringst mir einen Farn. Morgen. Wehe, wenn nicht. Hier ist der erste Teil der Nachricht. Da ist dieser gewisse Mann, dem du zum Liebesglück verhelfen sollst. Du hast dafür nur wenig Zeit, das soll ich dir auch noch sagen, falls du diese Frist ebenfalls vergessen haben solltest.«

»Ausgezeichnet, du bist ein kluger Informationskaktus! Und wer ist es? Ich meine, wie heißt dieser Mann?«

»Also, irgendwie war der Name Einstein oder so«, sagte der Kaktus würdevoll.

Der Engel stutzte. Einstein, wie der berühmte Wissenschaftler? »Oder war es vielleicht Weinstein? Ich bin mir nicht ganz sicher. Einstein oder Weinstein. Nun ja, so viele wird es doch davon nicht geben«, sagte der Kaktus ungeduldig.

»Nein, es wird sicher nicht so schwierig, wenn ich den Vornamen dazu weiß.«

»Tja, also, der war, glaube ich Theo oder so.«

»Oder so? Du hast den Vornamen vergessen?« Der Engel traute seinen Ohren nicht.

Dem Kaktus war es ein wenig peinlich, aber nur ein bisschen. »Nun ja, ich muss zugeben, der Vorname ist mir entfallen. Sicher irgendwas Bayrisches wie Theo oder Max oder so etwas in der Art.«

»Willst du damit sagen, du hast die Hälfte der Nachricht vergessen?«, fragte der Engel. Da hatte Octavio ihm nun aus der Patsche helfen wollen und war an einen arroganten Kaktus geraten, der sich nicht mal einen Vornamen merken konnte. Und genau genommen den Nachnamen auch nicht. Wie viele Einsteins und Weinsteins mochte es wohl geben in der Stadt?

Denk nach!, beschwor er den Kaktus.

In diesem Augenblick kam Bruno Fischer zu ihm. In seinen Augen lag eine gewisse Wachsamkeit, wie Paule bemerkte. Auch wirkte er befremdet und verlegen. Der Engel spürte es an der Art, wie er ihn ansah. Ach ja, da war ja noch diese Sache mit dem Job und der Bezahlung.

»Nun, haben Sie sich die Sache überlegt? Ich zahle normalerweise meinen Aushilfen zehn Euro die Stunde.«

Paule hatte keine Ahnung, ob das viel oder wenig war. Er nickte. »Einverstanden. Ich will nicht mehr Geld als die anderen. Wenn ich mir vielleicht ein paar Bücher ausleihen dürfte, um sie nach Feierabend zu lesen?«

»Selbstverständlich«, sagte Bruno Fischer, und seine Miene hellte sich auf. »Wenn Sie keine Schokoladenflecken draufmachen oder sie in Kaffee tunken.« Er lächelte erleichtert. »Oh, übrigens, möchten Sie einen Kaffee?«, fragte er. »Ich könnte uns einen Kaffee machen.«

»Danke schön, sehr gern, das ist sehr freundlich.« Jetzt musste er wieder diese bittere Brühe trinken, die hier auf Erden offenbar so populär war.

Während Fischer sich anschickte, Kaffee zuzubereiten, wandte sich der Engel wieder dem Kaktus zu. »Morgen bringe ich einen Farn. Dafür bitte ich dich sehr darum, noch mal genau nachzudenken. Und wenn Octavio sich erneut meldet, musst du dir alles genau merken. Verstanden?«

»Ich werde mein Bestes tun.« Der Kaktus verfiel wieder in sein beleidigtes Schweigen. Er sah keinesfalls so aus, als wolle er sein Bestes tun.

Paule seufzte und betrachtete weiter die Bücher. Friedrich Schiller, Johann Wolfgang von Goethe, deutsche Klassiker, soweit er wusste. Er wollte lieber etwas Modernes lesen und sah sich einige Taschenbuchtitel an. Margaret Atwood, Joanne Trollope, Jonathan Franzen, diese Bücher erschienen ihm interessant. Sie enthielten Geschichten, die ihm etwas über das heutige Leben erzählen konnten. Er überlegte, welches Buch er mit nach Hause nehmen wollte, als die Türglocke wieder läutete.

Eine Frau in einem grauen Mantel trat ein. Sie trug einen kleinen grünen Hut aus Lodenstoff und hatte ein stark gepudertes Gesicht mit hängenden Lidern und schmalen Lippen. Sie wirkte angespannt. An der Hand hielt sie ein Kind, das ihr nur widerstrebend folgte.

»Herr Fischer, Grüß Sie Gott«, sagte sie in einem Tonfall, der Unheil versprach.

»Grüß Sie Gott, Frau Neugebauer«, sagte Fischer hastig und sah augenblicklich schuldbewusst aus. Er reichte ihr die Hand und warf einen besorgten Blick auf das Kind. »Laura, mein Schatz, ist alles in Ordnung?«

Das Mädchen nickte, ließ die Hand der Frau los und spähte aufmerksam zu Paule.

»Wir müssen uns unterhalten, mein lieber Herr Fischer, und zwar dringend«, sagte Frau Neugebauer energisch, während sie begann, sich aus ihrem schweren Mantel zu schälen. »Ich hatte es Ihnen ja bereits angekündigt. Aber Sie sind ja immer so beschäftigt.« Sie sah Herrn Fischer missbilligend an und reichte ihm ihren Mantel und ihren Schal. »Hätten Sie jetzt vielleicht einige Minuten? Ich sehe, Sie kochen gerade Kaffee. Ich nehme gern eine Tasse, wenn es Ihnen recht ist, und erläutere Ihnen meine Überlegungen zu Laura.«

»Sprechen Sie doch etwas leiser«, sagte Bruno Fischer bittend, bevor er sich um Frau Neugebauers Garderobe kümmerte.

Laura war inzwischen auf Paule zugegangen und sah ihn unschlüssig an. »Guten Tag. Ich heiße Paule und bin neu in der Stadt«, sagte er.

»Servus«, sagte Laura höflich und nahm ihre Mütze ab. Sie nickte Paule flüchtig zu und ging an ihm vorbei zu einem der hinteren Regale, in dem Sachbücher aller Art standen. Ihre ernsten Gedanken vernahm der Engel mühelos. Wieso existiert das Universum? Was verbirgt sich hinter Wolken? Wieso hat mein Vater dicke Augenbrauen und Frau Neugebauer welche, die dünn wie Drähte sind?

Paule betrachtete Laura aufmerksam. Was für ein ungewöhnliches Kind, dachte er. So interessiert und wissbegierig. Da er imstande war, in die Seele der Menschen zu sehen, erfasste er auch, dass das Kind vereinsamt und unglücklich war. Und das lag nicht nur an ihrer Lehrerin, wie er sehen konnte. Wenngleich die beiden keine sehr gute Verbindung zu haben schienen.

Frau Neugebauer trank inzwischen den Kaffee, der eigentlich nicht für sie vorgesehen war, und redete mit leiser Stimme pausenlos und nachdrücklich auf Bruno Fischer ein. Dieser blickte gequält und unglücklich immer wieder in Lauras Richtung und dahin, wo der Engel stand, bis dieser ihm beruhigend zunickte.

Paule ging zu Laura und besah sich die Bücher, die das Kind herausgesucht hatte. »›Die Geheimnisse des Universums‹«, las er vor. »›Grundlagen der Naturwissenschaften I und II.‹ Du interessierst dich für Geographie und Physik, nicht wahr?«

Laura nickte und sagte dann, ohne den Engel anzusehen: »Ich würde zu gern wissen, in wie vielen Umdrehungen sich die Erde dreht und in wie vielen Umdrehungen ich mich drehe, im Verhältnis dazu. Haben Sie darüber schon einmal nachgedacht?«

»Nein«, sagte der Engel verblüfft. »Habt ihr darüber heute in der Schule gesprochen?«

Laura schüttelte den Kopf. »Über so etwas haben wir noch nie gesprochen in der Schule«, flüsterte sie. »Ich bin erst in der zweiten Klasse. Wir lesen doofe Sachen und rechnen ein bisschen. Die meiste Zeit ist mir langweilig.«

Paule nickte und nahm eines der Bücher, die Laura aus dem Regal geholt hatte. Es handelte von der Erde und ihrer Entstehung. »Dieses interessiert mich auch. Es ist schön, wenn man etwas weiß über den Planeten, auf dem man lebt.«

»Genau«, sagte Laura feierlich. »Was zum Beispiel ist Schnee? Wissen Sie das?«

Paule hatte gerade gestern über Schnee in seinem Handbuch nachgelesen. »Es ist fester Niederschlag aus verzweigten kleinen Eiskristallen. Und in der Sonne glitzern sie.«

Laura lächelte zum ersten Mal, seit sie den Laden ihres Vaters betreten hatte. »Richtig. Das gefällt mir, wie Sie das gesagt haben«, sagte sie. »Wie heißen Sie noch mal?«

»Paule. Ich bin Student.« Offenbar waren nicht alle Kinder imstande, ihn als Engel zu erkennen, was von Vorteil war. Kleine Notlügen, so stand es im Engelhandbuch, waren erlaubt, und schließlich handelte es sich ja bei seiner Situation um blanke Not.

»Ich heiße Laura, und das da vorn ist mein Vater.«

»Wir haben uns schon kennengelernt. Ich werde vielleicht für ihn arbeiten. Hier in der Buchhandlung, für einige Stunden täglich.«

»Ach, das wäre gut«, sagte Laura ernst. »Dann hat er ein wenig Gesellschaft.«

Damit schien die Unterhaltung für sie abgeschlossen, und sie wandte sich mit unvermindertem Eifer wieder ihren Büchern zu.

Paule beschloss, die Lehrerin zu begrüßen. Er hatte plötzlich das dringende Bedürfnis, sich in die Unterhaltung, die sich offenbar um Laura drehte, einzumischen.

Leider kam er zu spät. Er konnte zwar Frau Neugebauer die Hand reichen und sich vorstellen, aber sie war im Begriff, aufzubrechen. »So, so, ein Student. Wie interessant«, war alles, was sie sagte.

Während Lauras Lehrerin ihren Mantel anzog, musterte sie den jungen Mann von Kopf bis Fuß. Anscheinend gefiel ihr nicht, was sie sah, denn sie verabschiedete sich ausgesprochen frostig.

»Offenbar eine sehr eigenwillige Dame. Was wollte sie?«

Bruno Fischer seufzte und antwortete nicht. »Hier, nehmen Sie den Rest Kaffee«, sagte er stattdessen. »Er war eigentlich für Sie bestimmt. Es tut mir leid, dass Frau Neugebauer hier so unvermittelt reingeschneit ist.«

Der Engel und nahm die Tasse und trank einen kleinen Schluck. Das dunkelbraune Gebräu schmeckte wie immer schrecklich.

Fischer seufzte wieder und sah stirnrunzelnd in die Richtung seiner Tochter. »Sie will Laura nicht in die dritte Klasse versetzen, weil sie sich am Unterricht nicht beteiligt. Angeblich macht Laura keine Hausaufgaben und gibt patzige Antworten.« Bruno Fischer begann unruhig auf und ab zu gehen. Er sprach leise und sah seinen Gast dabei nicht an. »Ich flehe meine Tochter an, seit Wochen, ach was, seit Monaten, ihre Hausaufgaben zu machen und die Lehrerin nicht ständig zu provozieren. Aber sie ist bockig, sie mag Frau Neugebauer nicht besonders, und das zeigt sie auch. Sie versteht nicht, welche Macht ihre Lehrerin hat und wie maßgebend sie sein kann mit ihrer Entscheidung. Laura ist intelligent, außerordentlich sogar, wenn Sie mich fragen. Ich bilde mir nichts ein darauf, sie hat es wohl eher von meiner geschiedenen Frau. Aber sie legt sich gern mit anderen an, und die Konsequenzen, die das haben kann, übersieht sie nicht.«

Paule hörte aufmerksam zu, nippte an seinem Kaffee und fragte sich erneut, ob das nun eine der menschlichen Erfindungen war, die man begrüßen sollte oder nicht. Eines wusste er jedoch genau. Bruno Fischer war ein Mensch, der Hilfe brauchte.

Augenblicklich schickte er ihm alle Liebe, die er in sich trug. Er wusste, es gab verschiedene Arten, den Menschen seine Zuneigung zu zeigen. Doch Liebe schien ihm in diesem Fall das Wirkungsvollste zu sein. Er verstand sich darauf, sofort und spontan zu lieben, ohne Gedanken, Worte, Forderungen. Liebe war nicht etwas, woran er denken musste, es war ein Zustand, in dem er sich fast die meiste Zeit befand und den er so verstärken konnte, dass sich sein Gegenüber augenblicklich mit Energie geladen fühlte und alle Verzagtheit von ihm wich.

Liebe war gut, fand der Engel. Und meistens das, was die Menschen brauchten. Er fand allerdings, im Hause von Bruno Fischer sei vielleicht auch etwas Anarchie ganz angebracht. »Machen Sie sich keine Sorgen, Herr Fischer«, sagte er entschlossen. »Wenn Frau Neugebauer wiederkommt und uns ärgert, nehmen wir einfach unsere Zähne raus.«

Bruno Fischer sah ihn einen Moment fassungslos an. Dann lachte er, bis ihm die Tränen kamen. »Gute Idee, das machen wir«, sagte er. Er fühlte sich plötzlich voller Tatkraft, beschwingt, zuversichtlich. Verschwörerisch zwinkerte er dem jungen Mann zu.

Als der Engel langsam durch den Schnee zurückging zum Haus seiner Gastgeber, versuchte er, Kontakt aufzunehmen mit Octavio. Vergeblich. Er würde wieder auf einen Traum oder eine Eingebung warten müssen. Er fühlte, dass die Zeit drängte, aber der widerspenstige Kaktus hatte alles durcheinandergebracht. Er hatte keine Wahl – er würde Marie oder Willi um Hilfe bitten müssen. In seinem Herzen jedoch hatte er das sichere Gefühl, es wäre gut, damit noch einen Tag zu warten.

# Kapitel 12

Willi und Marie saßen in der Küche, versuchten beide, ihre Sorge um den verschwundenen Patienten zu überspielen, und sprachen über Tante Agathe. Willi fand, dass seine Tochter sich zu sehr herumscheuchen ließ von ihr.

»Meine Erziehung, die ja sonst manchmal zu wünschen übrig lässt, hindert mich daran, mich nachdrücklicher zur Wehr zu setzen«, verteidigte sich Marie. »Und ich bin mir sicher, Papa, eigentlich hat sie ein gutes Herz.«

»Des zeigts aber nur selten«, schnaubte Willi. »Sie tut di schikaniern. Und dabei tuts so fürsorglich. Aber des is ned echt.«

Marie lächelte. »Womöglich ist sie hinter dir her, Papa.«

»Jesses, Jesses!« Ihr Vater sah jetzt wirklich entsetzt aus. »Des kann i ned brauche, a Weibsbild, wos mi verfolgt.«

Marie stellte sich vor, wie Tante Agathe hinter ihrem Vater herlief, ein Fangnetz in der Hand. Sie lachte. Dann wollte sie nach oben gehen.

In diesem Moment klingelte es. Willi stürzte zur Tür und öffnete bangen Herzens.

»Ja do schau her, du bist wieder do. Kimm eini, do is worm.« Er zog Paule am Ärmel in die Diele. »Is dir wos passiert? Wo hastn gsteckt? Marie, der Paule is wieder dahoam«, rief er nach oben.

»Na, Gott sei Dank! Ich komme gleich!«, rief Marie zurück.

Willi versuchte, mehr oder weniger vergeblich, streng zu wirken und sich seine große Erleichterung nicht anmerken zu lassen. Paule zog Mantel, Mütze und Stiefel aus und folgte Willi in die Küche. »Hm, hier riecht es aber gut.«

»Kimmst grad recht«, sagte Willi. »Es gibt Bratwürstle mit Sauerkraut. Und wie war jetzt dein Spaziergang? Du warst ja lang fort. Wos macht dein Kopf? Kannst di wieder an alles erinnern?«

»Ja, manches ist mir wieder eingefallen. Ich glaube, ich suche einen gewissen Einstein. Aber vielleicht ist der Name auch Weinstein.«

»Einstein? Weinstein? So soll der heiße?« Willi drehte sich um. »Warum? Wos willst denn von dem?«

»Ich will ihn von seiner Hochzeit abhalten.«

Am nächsten Morgen lag die Welt unter einer glitzernden Schneedecke. Marie entschied sich für ihren roten Rock und einen schwarzen Rollkragenpullover. Um Radler zu erfreuen, dachte sie. Aber in Wahrheit wollte sie nicht ihm eine Freude machen, sondern sich selbst.

Sie beschloss, sich auf dem Weg in den Verlag noch einen großen Milchkaffee zu holen, und hielt vor ihrer Lieblingsbäckerei. »Einen Latte to go«, bestellte sie fröhlich. Dann fuhr sie zum Verlagsgebäude. Heute würde sicher ein schöner Tag werden, sie war gespannt auf die vielen E-Mails, die sie auf ihr Interview hin bekommen würde. Aber interessierten sich die Leute tatsächlich für Emily Handerson? Doch, das taten sie bestimmt.

Sie ging mit ihrem Kaffee langsam über den Parkplatz. Vor der Eingangstür stand ein Mann und rauchte eine Zigarette. Er blickte ihr entgegen, und Marie lächelte ihn an. Er war groß, schlank, hatte schwarzes Haar und ein markantes Gesicht mit kleinen Lachfalten. Er lächelte zurück. »Servus, guten Morgen«, sagte Marie leichthin. Ich habe zwar keine Ahnung, wer er ist, aber er sieht sympathisch aus, dachte sie. Spontan sprach sie ihn an. »Kann ich Ihnen irgendwie weiterhelfen?«

Er sah sie mit freundlichen Augen an. »Danke schön«, sagte er mit einer angenehmen, tiefen Stimme. »Ich habe gleich eine Verabredung. Leider nicht mit Ihnen.«

Sie lächelte und ging an ihm vorbei. »Vielleicht ein andermal«, sagte sie und verschwand im Eingang. Guter Typ, dachte sie im Fahrstuhl. Mit wem er wohl verabredet ist? Na, da kamen viele in Frage, der Verlag hatte viele Abteilungen.

Sie klopfte bei Radler.

»Herein. Servus, Marie, komm doch und setz dich. Kaffee für dich?« Marie zeigte auf ihren Pappbecher. »Gut.« Radler schloss die Tür.

Also wird es wohl offiziell, dachte Marie. Offenbar geht es um etwas, das nicht für die Ohren der anderen bestimmt ist.

»Marie, du weißt ja, wie sehr ich dich schätze«, sagte Radler, ohne sie anzusehen. »Du weißt auch, dass ich versuche, fair zu sein meinen Redakteuren gegenüber und niemanden zu bevorzugen und niemanden zu benachteiligen.«

Was wird das denn?, dachte Marie. Ihr war unbehaglich zumute.

»Manchmal aber«, sagte Radler und wandte sich ihr nun direkt zu, »sind mir die Hände gebunden. Also, langer Rede kurzer Sinn: Heute kommt jemand aus München, der sich dieser Sache annimmt.«

»Welcher Sache?«, fragte Marie. Ihre Stimme klang eisig.

»Dieser Sache von dem Himmelsmann, also Lins Geschichte, und auch deiner Engelsgeschichte. Der Kollege sei erfahrener als ihr zwei, so heißt es in der Zentrale. Er soll, mit eurer Unterstützung natürlich, die Geschichte weiterverfolgen.«

»Wie bitte? Mit unserer Unterstützung?« Marie war jetzt stinksauer. »Er kriegt unsere Storys? Wir müssen ihm zuarbeiten wie Wasserträger, und er übernimmt einfach?«

Radler nickte. »Mir sind die Hände gebunden«, sagte er wieder. »Anweisung von oben.«

»Das ist nicht üblich, ganz und gar nicht«, zischte Marie. »Was sagt Lin dazu?«

»Marie, beruhige dich bitte«, sagte Radler und verdrehte die Augen. »Lin ist einverstanden, sie kennt den Kollegen aus München. Ich verstehe, dass du verärgert bist, aber ich muss dich bitten, Marie, wirklich bitten, ja dich sogar klipp und klar anweisen, dich kooperativ zu zeigen.«

Marie antwortete nicht. Es klopfte.

»Herein«, sagte Radler müde.

Der Mann, den sie vor der Tür getroffen hatte, trat ein. »Guten Morgen. Ah!« Er strahlte, als er Marie sah. »Wir hatten schon das Vergnügen. Auf diese Weise komme ich ja doch noch zu einer erfreulichen Verabredung.« Er ging lächelnd auf Marie zu, die ihn ansah wie eine böse Erscheinung. »Sehr erfreut. Ich bin Georg Fahrenholzer aus der Politikredaktion in München.«

Er streckte Marie die Hand hin. Marie stand auf und übersah seine Hand. »Von Freude kann meinerseits keine Rede sein. Machen Sie das immer so mit Ihren Kollegen? Denen die Storys wegnehmen?«

Ohne seine Antwort abzuwarten, rauschte sie aus dem Zimmer.

Georg Fahrenholzer schaute ihr hinterher. »Es war nicht meine Idee, wissen Sie. Mir ist das genauso unangenehm«, sagte er, mehr zu sich und zu Radler als zu Marie, die die Tür bereits hinter sich geschlossen hatte.

»Ich weiß es, und Sie wissen es, und Marie wird es auch noch begreifen«, sagte Radler. »Ich habe ihr gerade gesagt, dass Sie übernehmen und sie mit Ihnen zusammenarbeiten soll. Na ja, arbeiten muss. Sie wird kooperieren. Mit Lin haben Sie ja gestern schon telefoniert. Wissen Sie, wann sie heute kommt?«

»Lin? Gegen Mittag, glaube ich. Sie hat noch einen Termin, nach allem, was ich weiß.« Der Mann sah Radler direkt an. »Haben Sie dieser Marie erklärt, dass die Anweisung von ganz oben kommt und ich mich nicht dagegen wehren konnte?«

»Ich kam gar nicht dazu, die näheren Zusammenhänge zu erläutern …« Radler hob hilfesuchend die Hände. »Marie ist eigenwillig, und wenn sie wütend ist, sollte man lieber in Deckung gehen. Aber warum sagen Sie es ihr nicht selbst und machen sich dann an die Arbeit?«

»Gut.« Georg Fahrenholzer nickte und stand auf. »Und nennen Sie mich doch bitte Georg. Und es wäre nett, wenn Sie mich bei den anderen Kollegen auch einfach nur als Georg vorstellen könnten. Kollege Georg aus der Münchner Politikredaktion.«

Radler nickte. »Sicher«, sagte er. »Mach ich gern, Georg. Ich kann verstehen, dass Ihnen das lieber ist. Bin nur nicht sicher, ob es viel nützen wird.«

Georg ging zu Maries Schreibtisch und reichte ihr den Kaffee, den sie bei Radler stehengelassen hatte. Dazu bot er ihr einen Teller mit kleinen Amarettokeksen an. »Hier, für Sie, etwas für den Blutzuckerspiegel.«

Marie hatte ihren Computer hochgefahren und würdigte ihn keines Blickes. Was bildete der Typ sich eigentlich ein? Dass er es mit einer Anfängerin zu tun hatte? Dass man sie verschaukeln könnte? Sie sagte nichts und starrte auf ihren Bildschirm.

»Es tut mir sehr, sehr leid. Es war nicht meine Idee. Ich wurde genauso verdonnert wie Sie. Von ganz oben.«

»Sie hätten ablehnen können.«

»Hätte ich nicht.« Georg seufzte. »Wie soll ich es Ihnen bloß erklären? Es gibt Situationen, da legt man sich besser nicht mit dem Verleger an. Weil es die Sache nicht wert ist.«

Marie sah hoch. »Mit dem Verleger? Der Verleger hat sich eingeschaltet und will ausdrücklich, dass Sie die Sache übernehmen?«

»Ja, glauben Sie mir, bei jedem anderen hätte ich mich geweigert. Aber in diesem Fall war ich machtlos. Es war nicht mit ihm zu reden. Der Verleger findet diese Story irgendwie faszinierend. Er ist Verleger, kein Journalist.«

Marie nickte. Der Verleger, sie kannte ihn ja, war eigenwillig. Und er war sicher nicht einfach. Widerworte hörte er bestimmt nicht gern, das konnte sie sich gut vorstellen.

Sie nickte und lächelte kurz. »Okay, wenn die Sache so ist, sehe ich Sie als Erpressten, in gewisser Weise. Und ich bin eben mit unter die Räder gekommen.«

»Wir können doch zusammen recherchieren und auch zusammen schreiben«, schlug Georg vor. »Teamwork, einverstanden?« Er streckte ihr die Hand hin.

»Einverstanden.« Marie schlug ein.

»Ich heiße Georg.«

»Ich heiße Marie.« Marie lächelte wieder. Langsam hob sich ihre Stimmung. Teamwork, das wollte sie eigentlich immer gern. Mit Lin klappte das ja leider nur selten. »Also, dann fangen wir mal an.«

Georg hatte ihren Artikel in der heutigen Ausgabe der Zeitung gelesen und lobte sie. Schmeichler, dachte Marie, freute sich aber trotzdem. »Wie sieht es aus mit Anrufen oder E-Mails auf Ihre Geschichte?«

»Anrufe bislang nicht, aber die Mails können wir uns gleich ansehen. Moment noch.« Marie stand auf und nahm einen Packen Zeitungen und legte sie neben ihre Tasche. »Für meine Tochter. Sie ist ganz verrückt nach dieser Emily Handerson und war gestern beim Konzert. Sie will das Interview unter ihren Freundinnen verteilen und damit angeben, nehme ich an.«

»Wie alt ist Ihre Tochter?«

»Zwölf. Benimmt sich aber wie fünfzehn. Das nennt man wohl vorpubertär.«

»Nein, vorpubertär sind sie mit acht.«

Sie lachten. Dann entstand eine Pause. »Haben Sie Kinder?«

»Nein, noch nicht. Ich meine, ich liebe Kinder, und ich hätte gern welche.« Er wirkte verlegen und wich ihrem Blick aus.

Wahrscheinlich ist er verheiratet und will nicht damit rausrücken, dachte Marie. »Das lässt sich sicher machen«, sagte sie. »Sie haben ja noch Zeit.«

Marie öffnete ihr E-Mail-Postfach. Sie hatte 79 Nachrichten erhalten, die meisten davon bezogen sich auf ihr Interview. Im Laufe des Tages würden weitere Mails und sicher etliche Telefonate dazukommen.

Sie begann zu lesen, während ihr Georg über die Schulter schaute. Viele E-Mails rühmten Emily Handersons Konzert. »Sie sang wie ein Engel! Als käme sie direkt aus dem Himmel! Super!«, schrieb ein Verehrer. Das Konzert, davon waren auch die meisten anderen Mail-Schreiber überzeugt, sei »göttlich« gewesen, und alle meinten, dass Emily ein Engel erschienen sein müsse. »Dass er in Wahrheit ihrer Tochter erschienen ist, haben die meisten wohl überlesen«, sagte Marie.

»Nun ja, der gemeine Leser nimmt es nicht so genau mit Details.«

Viele schrieben, sie hätten einen wunderschönen jungen Mann am Bahnhof gesehen, manche meinten in einem blauen, andere in einem schwarzen Mantel, mal hatte er einen Koffer in der Hand, mal einen großen Hut auf dem Kopf getragen. Dann wieder hatte er eine blaue Mütze aufgehabt. Einer schrieb, der Mann habe ausgesehen wie ein Westernheld, mit Cowboystiefeln, Hut und Lederjacke. Er sei schon einen Tag früher gekommen, als der Mond so fantastisch aussah.

»Also gut, da haben wir unseren Engel. Als Westernheld ist er in die Stadt gekommen. Um aufzuräumen, wahrscheinlich. Statt mit dem Pferd ist er zeitgemäß und umweltschonend mit der S-Bahn angereist«, sagte Marie. Georg lachte.

Marie hatte in ihrem Aufruf an die Leser nach der Mantelfarbe gefragt und nicht verraten, dass Emilys Tochter sie als Blau beschrieben hatte. Tatsächlich hatten einige Leser auch einen Mann in der von Sole geschilderten Kombination blauer Mantel mit roter Mütze beobachtet, der aber sonst nicht engelsgleich, sondern eher unauffällig wirkte.

Marie und Georg beschlossen, sich die Arbeit zu teilen. Marie druckte alle Mails aus, die ihr in irgendeiner Weise brauchbar erschienen. Georg telefonierte an Lins Schreibtisch mit allen Anrufern – es waren etliche im Laufe des Vormittags, die vorgaben, etwas zur Engelgeschichte sagen zu können.

Gegen Mittag fragte Georg Marie, ob er sie zum Essen einladen dürfe.

»Wir haben nicht viel Zeit«, wehrte Marie ab. »Wenn überhaupt, dann essen wir schnell was drüben im Café.«

Bevor sie gingen, fragten sie bei Radler nach Lin, die längst hätte erschienen sein müssen. »Sie ist krank«, teilte Radler ihnen mit. »Sie hat die Grippe. Wird wohl einige Tage ausfallen.«

Georg runzelte die Stirn. »Krank«, murmelte er. »Eigenartig. Gestern schien sie mir noch ganz fidel.«

»Also, was haben wir?«, fragte Marie, während sie im Café ein Käseomelett aß und Georg einen Thunfischsalat verzehrte. Die meisten Anrufer erwiesen sich als Wichtigtuer oder Spinner, die meisten E-Mails als belanglos – kurz, sie waren völlig ungeeignet, um die Geschichte über den unbekannten Engel in der Zeitung weiterzuerzählen.

»Einige Mails aber,« informierte sie Georg, »klingen immerhin so, dass wir ihnen nachgehen, die Leute aufsuchen und mit ihnen sprechen sollten.«

»Gut. Mit wem fangen wir an?«

»Mit diesem Mann«, sagte Marie und schob Georg den Ausdruck einer Mail über den Tisch. Die Nachricht kam von einem pensionierten Kohlenhändler, der am Rand der Stadt lebte, fast schon im Wald. Er behauptete, er habe in einer

Nacht etwas gesehen, was vielleicht mit dem Engel zusammenhing.

»Ich rufe ihn nachher an, und dann werden wir ihm einen Besuch abstatten«, sagte Marie fröhlich. Die Geschichte mit dem Engel begann sie zu faszinieren.

»You should interview him«, hatte Emily gesagt. Je länger Marie darüber nachdachte, desto lieber würde sie genau das tun: einen Engel interviewen. Mit Georg.

Die neue Aufgabe gefiel ihr nun doch ganz gut. Plötzlich war ihre Arbeit wichtig, der Verleger selbst war beeindruckt, Radler war stolz auf sie, und sie wäre, für einige Tage jedenfalls, von allen anderen Redaktionsarbeiten entlastet.

»Na, seid ihr beide im Namen des Herrn unterwegs?«, spöttelte Thomas, als sie wieder in die Redaktion zurückkehrten.

»Nur kein Neid«, sagte Marie lässig. In gewisser Weise brachte ihr der Engel Glück, ob er nun existierte oder nicht.

Sie griff zum Telefon, um mit dem Kohlenhändler einen Termin zu vereinbaren. »Wenn Sie wollen, können Sie gleich vorbeikommen«, bot er an und beschrieb Marie den Weg zu seinem Haus.

»Also los, Georg«, sagte Marie. »Fahren wir.«

# Kapitel 13

Es ist interessant, auf welch unterschiedliche Weise die Menschen ihre Geschichten erzählen, dachte Marie eine knappe Stunde später. Karl, der Kohlenhändler, war ein alter Mann, Marie schätzte ihn auf über siebzig. Er trug eine braune Cordhose und einen verschlissenen Pullover. Seine braunen Augen wirkten jünger als seine übrige Erscheinung, und seine Stimme klang noch kraftvoller als am Telefon.

In seinem Haus am Stadtrand erwartete er seine Gäste mit einer Kanne Kaffee und einem Haselnusskuchen, der ausgesprochen gut schmeckte. Seine Geschichte erzählte Karl etwas weitschweifig: Sie nahm bereits im Jahr 1963 ihren Anfang. Da war nämlich gerade seine junge Frau gestorben, was Karl untröstlich machte. Doch eines Tages fasste sich Gott ein Herz und meinte: »Also gut, Karl, versuchen wir's noch mal« – das glaubte Karl jedenfalls, als er Martha, eine der schönsten Frauen der Stadt, heiratete. Nach nur zehn Jahren starb Martha jedoch bei einem Verkehrsunfall, und Karl wurde zum zweiten Mal Witwer.

»Auch auf das, was noch geschah, hätte ich gern verzichtet«, sagte er und schenkte Marie und Georg Kaffee in große weiße Becher nach. Denn es folgte die Entscheidung seiner einzigen Tochter Clara, einen Zirkusartisten zu heiraten, eine Verbindung, die ihn derart erboste, dass er beiden für alle Zeiten das Haus verbot. Clara ließ ihn durch schüchterne Briefe und Fotos von seinen drei Enkelkindern wissen, doch Karl blieb bei seinem Entschluss, schrieb seiner Tochter nie und lud sie nie ein. Einsam arbeitete er bis zu seiner Pensionierung als Kohlenhändler. Seine Enkelkinder hatte er noch nie gesehen.

»Und dann kam diese Nacht, als dieser sagenhafte Mond schien«, sagte er. »Da wurde mir schlagartig klar, dass ich alles falsch gemacht habe. Als Vater, als Großvater, als Mensch. Alles.«

»Wie meinen Sie das?«

»Mein Leben kam mir in diesem Moment so verschwendet vor ohne die Verbindung zu meiner Familie. Ich sah den Mond und begriff, wie egoistisch ich war. Ein richtiger Trottel.« Er schlug sich mit der Hand an seine Stirn. »Blöder kann man nicht sein, als ich es war.«

Marie nickte. »Mag sein. Aber was hat das mit dem Engel zu tun? Oder mit Emily Handerson?«

»Ja, sehen Sie.« Karl stand umständlich auf und ging ans Fenster. »Ich kann den Mond sehr gut sehen, wenn ich hier stehe, und ich stand fast die halbe Nacht hier, auch noch, als später der Schnee immer dichter fiel. Und währenddessen ist es passiert.«

»Was passiert?« Georg wirkte geduldig, aber gespannt.

»Dass der Engel auf die Erde kam«, sagte Karl. »Überlegt doch mal, perfekte Tarnung ist das. Es ist dunkel, dann die vielen Schneeflocken, und da segelt er in aller Ruhe herab, von allen unbemerkt.«

»Außer von Ihnen«, sagte Georg und lächelte dem alten Mann aufmunternd zu.

»Genau«, sagte Karl nicht ohne Stolz. »Außer von mir. Ich habe ihn gesehen. Na ja, ich sah etwas fallen, aber ich bin sicher, das war er.«

»Wie sah er aus?«

»Ja, das ist schon komisch«, gab Karl zu. »Ich wollte, ich könnte sagen, er sah wie ein Engel aus, mit Flügeln und allem Drum und Dran. Aber das ist leider nicht der Fall. Ich sah jemanden zwischen den Bäumen hindurchfallen. Und er war umgeben von Licht. Und während ich ununterbrochen in diese Richtung starrte, hatte ich plötzlich diese Erkenntnis, was für ein Dussel ich bin und so weiter. Ich war wie gebannt, konnte mich nicht rühren. Es war wie ein Wunder.«

Er sah Marie erwartungsvoll an. Sie blickte skeptisch zurück.

»Warum sind Sie nicht hingegangen und haben nachgesehen?« Marie lächelte freundlich.

»Ich sag doch, ich war wie gebannt. Am nächsten Morgen bin ich gleich rübergelaufen. Aber da war nichts mehr. Er war weg. Vielleicht will er nicht, dass man ihn beobachtet.«

Marie überlegte. Ihre gute Laune verschwand wie die Luft aus einem angestochenen Reifen. Ihr war gar nicht wohl bei dem Gedanken, was Radler sagen würde zu der Geschichte des Kohlenhändlers. Vermutlich würde er darauf verweisen, dass Karl eben ein älterer, etwas wunderlicher Herr war. Schneegestöber, goldenes Mondlicht, etwas, das zwischen den Bäumen hindurch auf die Erde fiel. Viel war das nicht. Radler würde rummeckern. Und Marie und Georg kritisieren, weil sie ihre Zeit verschwendet hatten.

Nachdenklich und schweigend fuhren sie in die Redaktion zurück. Sie gingen noch einigen anderen Telefonaten und E-Mails nach, aber die Schilderungen der Leute zum Thema Engel klangen durchweg wirr, unglaubwürdig oder seltsam hysterisch.

»Seien wir ehrlich, wir haben nichts«, sagte Marie traurig. Es war später Nachmittag, viele Kollegen waren bereits gegangen. Die Zeitung war eigentlich druckfertig, bis auf einige aktuelle Berichte. Einen davon hätten Marie und Georg schreiben sollen. Aber die beiden hatten nichts, was berichtenswert gewesen wäre.

Immerhin, Thomas hatte Marie eine Nachricht hinterlassen: »Ich drücke die Daumen, dass ein gütiger Engel über dich wacht. Habe noch ein paar Spinner am Telefon abgewehrt. Dieser Brief wurde für dich abgegeben. Ab morgen wird es wieder ruhiger.«

Der Brief war anonym und in krakeliger Kinderschrift geschrieben. Marie las vor: »Der Engel ist echt. Er hat uns bei der Theaterprobe besucht. Ich glaube, Pater Hermann war eifersüchtig. Weil der fremde Mann ein Engel ist und er nicht.«

»Das ist immerhin originell. Aber brauchbar? Eher nicht. Was sollen wir tun?«

Georg zuckte die Schultern. »Wir sprechen mit Radler. Mal sehen, was er vorschlägt. Ich muss vorher nur mal kurz telefonieren.«

Marie nickte, und Georg verschwand in einem der freien Büros.

Als er zurückkam, schien er aufgebracht.

»Warum haben Sie mir nicht erzählt, dass Ihre Tochter auch am Bahnhof war?«

Marie sah ihn verständnislos an. »Dass sie wo war?«

»Auf dem Bahnsteig, am S-Bahnhof. Als Emily Handerson und ihre Tochter ankamen. Ich habe den Eindruck, Sie spielen nicht mit offenen Karten, Marie.«

Marie wusste einen Moment lang nichts zu sagen. »Jennifer?«, fragte sie schließlich. »Sie soll dort gewesen sein? Sie hat vormittags Schule.«

»Schon mal davon gehört, dass Kinder die Schule schwänzen?«

»Sicher, aber Jennifer? Ich weiß nicht. Wer behauptet das?«

»Lin. Ich habe sie gerade angerufen, um zu fragen, wie es ihr geht. Sie sagte, sie sei gestern beim Arzt gewesen und danach zufällig am Bahnhof vorbeigekommen. Sie sagt, sie habe Ihre Tochter eindeutig erkannt. Sie war zusammen da mit einem anderen Mädchen. Gleiches Alter.«

Mona, dachte Marie. Unwahrscheinlich war die Sache nicht. Die beiden hatten in ihrer Verzückung für Emily Handerson einfach ein oder zwei Stunden Schule geschwänzt. Sie konnte nur nicht fassen, dass ihre Tochter sie angelogen hatte. »Glauben Sie, was Sie wollen«, sagte sie. »Wenn Jennifer da war, dann hat sie mir nichts davon erzählt. Ich habe Ihnen nichts vorenthalten. Sie kennen meinen Artikel, das Interview, den Aufruf an die Leute. Mehr ist da nicht, Schluss.«

»Lin erzählt etwas anderes.«

»Ach ja? Was denn? Ich meine, was genau ist so bemerkenswert an der Tatsache, dass Lin meine Tochter gesehen hat?« Marie funkelte Georg feindselig an. »Sie wissen doch, viele Leute waren da. Einige von denen haben sich gemeldet, die meisten erzählen dummes Zeug, mit dem wir nicht weiterkommen. Worauf will Lin also hinaus?«

»Ich will ja nicht behaupten, dass Sie mir was verschweigen. Es klingt für mich nur ziemlich seltsam, wenn jetzt plötzlich herauskommt, dass Ihre Tochter Jennifer am Bahnsteig stand und« – Georg sah Marie scharf an – »einem jungen Mann zuwinkt, der genau auf die Beschreibung von Emily Handersons Tochter passt.«

Marie sagte nichts.

»Blauer Mantel, rote Mütze, jung, markante blaue Augen. Finden Sie das nicht selbst eigenartig?«

Marie nickte. »Doch«, sagte sie mit leiser Stimme. »Ich werde mit ihr reden, heute Abend noch. Und jetzt gehen wir zu Radler.«

Radler zeigte sich erstaunlich gelassen. »Marie, die Leute verwickeln sich bei solchen Dingen doch immer in Widersprüche. Macht doch nichts. Erstens: Es muss nicht jeden Tag zu dieser Sache etwas in der Zeitung stehen. Zweitens: Wer sagt, dass die Recherche überhaupt etwas Sinnvolles ergeben muss? Schreibt morgen einfach die Sachen zusammen, die ihr habt. Den Brief von dem Kind, den Bericht von diesem Kohlenhändler, warum nicht? Hauptsache, der Verleger ist zufrieden.« Er zwinkerte Georg zu, und Marie und er waren entlassen.

Marie packte ihre Sachen, murmelte Georg ein »Servus, bis morgen« zu und fuhr nach Hause.

In Willis Wohnküche hatten es sich Jennifer, Willi und Paule gemütlich gemacht. Alle drei waren auf ihre Art sehr zufrieden.

Paule hatte einige produktive Stunden in der Buchhandlung zugebracht, sein Versprechen eingehalten und einen Farn gekauft (das Geld hatte er sich vorstrecken lassen von Bruno Fischer). Der Kaktus hatte sich mit näselnder Stimme dazu herabgelassen, ihm eine weitere Nachricht von Octavio zukommen zu lassen. Die nächste wichtige Eingebung, so sagte er, komme nun in Form einer Zeitungsmeldung zu ihm, er solle sich keine Sorgen machen, er sei dicht dran. Paule war deshalb sicher, dass er schon bald in einer von Maries Zeitungen auf etwas stoßen würde – einen Bericht, eine Meldung, ein Bild, irgendetwas, das ihm weiterhelfen würde.

Die Nachricht hatte ihn beruhigt und beflügelt. Auch machte ihm seine Arbeit in der Buchhandlung Spaß, noch mehr aber freute ihn, dass sein Arbeitgeber und auch seine Tochter nach seiner kurzen Einflussnahme derart aufgeblüht waren. Bruno Fischer bediente die Kunden in einer ganz anderen Weise als bisher – strahlend, kompetent, überzeugend. »Der Umsatz heute war glänzend«, hatte er abends gesagt. Auch seine Tochter schien verändert. Sie hatte Frau Neugebauer vorgeschlagen, ein Referat über die Entstehung der Gletscher und die Bedrohung durch die Erderwärmung zu halten, worüber diese hocherfreut war.

Und Paule hatte auch Willi eines seiner kleinen Wunder geschenkt. Der hatte an seinem Toaster rumgewerkelt und es irgendwie hingekriegt – auf verblüffende Weise, wie er selbst meinte –, dass er funktionierte! Der Toaster spielte alle Lieder, die er mit Friedl regelmäßig sang. Es klang zwar etwas blechern, weil der Toaster ja über keine richtigen Lautsprecher verfügte, aber, fand Willi, wenn man gut unterhalten wird mit Stubnmusi und dazu noch getoastetes Brot bekommt, gab es keinen Grund, zu meckern.

Er freute sich mehr und mehr über seinen Gast, mit dem er bis zu Maries Ankunft einen bayrisch-philosophischen Abend bei viel Weißbier verbracht hatte. Der Junge war ihm irgendwie ans Herz gewachsen. Er würde wahrscheinlich bald verschwinden, machte er doch bereits einen recht gesunden Eindruck. Wenngleich, wie Willi sich eingestehen musste, sein Erinnerungsvermögen immer noch ziemliche Lücken aufwies.

Jennifer fühlte sich ebenfalls wohl. Sie hatte am vergangenen Abend ein wunderbares Konzert erlebt und war in der Schule von allen beneidet worden, weil ihre Mutter Emily Handerson interviewt hatte. Sie war sogar so mutig gewesen, den Huber Joachim zu fragen, ob er ein Exemplar der Ausgabe mit dem Interview haben wolle, und er hatte gesagt: »Des wär super, Jennifer, echt super.« Seither war Jennifer im siebten Himmel und nicht mehr so sicher, ob es nötig sein würde, Paule mit zum Eislaufen zu nehmen. Immerhin, jetzt, wo es ihm so viel besser ging, könnte sie das am Samstag immer noch tun.

So waren alle recht munter und freuten sich, dass Marie endlich nach Hause kam. Jennifer wollte ihr alles vom Konzert erzählen, Willi wollte seinen Toaster vorführen, und Paule hoffte, dass sie einige Zeitungen mit nach Hause brächte, in denen er die Botschaft suchen würde, auf die er so dringend wartete.

Und so war niemand von ihnen vorbereitet auf eine wütende Marie, die ohne anzuklopfen durch die Tür trat und einen Schwall kalte Luft mit sich brachte. »Jennifer, ich möchte mit dir reden«, sagte sie ohne Umschweife. »Sofort und zwar oben. Allein.«

Einen Moment lang herrschte Schweigen.

»Ja, mei, Marie«, fragte Willi besorgt. »Is wos? Gibts an Ärger im Büro?«

»Mir reicht der Ärger, den ich zu Hause habe«, sagte Marie. »Jennifer, kommst du?« Sie hielt ihrer Tochter die Tür auf und nickte den beiden Männern flüchtig zu. »Wir sprechen uns später.« Es klang wie eine Drohung.

Sie saßen in Jennifers Zimmer, weil Marie verhindern wollte, dass ihre Tochter mitten im Gespräch rausrauschte und sich ebendort verschanzte.

»Warum hast du mich angelogen? Hast du geglaubt, ich kriege es nicht heraus?«

Jennifer sah sie trotzig, aber auch schuldbewusst an. Sie wusste, wann sie aufgeben musste. »Okay, ich war da. Ich habe mit Mona eine Stunde geschwänzt.«

Marie schnaubte. »Ihr habt Nerven. Einfach schwänzen. Machst du das öfter?«

»Nein.« Jennifer hob abwehrend die Hände. »Es war doch nur wegen Emily. Einmal kriegen wir Besuch von einem Weltstar in der Stadt, da will ich doch nicht in der Schule rumsitzen. Das will ich später mal meiner Tochter erzählen. Das musst du doch verstehen, Mama.«

Marie spürte, dass sie weich wurde. Das ging natürlich jetzt überhaupt nicht. »Du hättest mich fragen können.«

»Du hättest nein gesagt.«

»Stimmt. Also tust du mit deiner Freundin Mona, was du für richtig hältst. Und lügst mich an. Das ist der Dank dafür, dass ich dir erlaubt habe, zum Konzert zu gehen. Und du blamierst mich vor meinen Kollegen in der Redaktion, die dich gesehen haben.«

»Wer hat mich gesehen?«

»Lin.«

Jennifer seufzte. »Okay, Mama, es tut mir leid. Es war nicht richtig, das sehe ich ja ein. Ich bitte dich um Entschuldigung. Ich will dich nie wieder anlügen.«

Marie hatte den Eindruck, dass es ihrer Tochter ernst war. Sie wollte diese Sache nicht unnötig in die Länge ziehen. Außerdem war da ja noch etwas anderes zu klären, je eher, desto besser. »In Ordnung, Entschuldigung angenommen. Sache erledigt.«

Sie schwieg einen Moment, während ihre Tochter ihr die Hand auf die Schulter legte und leise sagte: »Danke, Mama.«

Marie betrachtete die Poster im Zimmer ihrer Tochter. »Hör mal«, begann sie dann. »Lin hat dich erkannt und ...« Sie brach ab.

»Seltsam, dass die auch da war«, sagte Jennifer. »Ich habe sie nicht gesehen.«

»Sie hat dich nicht nur erkannt, sondern behauptet auch, du hättest dem Mann zugewinkt, den Emilys Tochter als den Engel bezeichnet hat.«

Jennifer runzelte die Augenbrauen. »Häh?«, fragte sie verständnislos. »Ich habe Emily zugejubelt, haben wir alle. Es war ziemlich viel los. Ich habe keinem Mann zugewinkt.«

»Musst du aber. Lin ist sich ganz sicher.«

Marie nahm den Stoß Zeitungen aus ihrer Tasche. »Lies mal das Interview, bitte.«

Jennifer, schon viel weniger schuldbewusst, sah sich erst die Bilder an und begann dann zu lesen. »Cool, Mama. Super Interview.« Marie lächelte. Ihre Fragen waren sicher nicht preiswürdig, eher schon die Antworten von Emily. Jedenfalls in den Augen ihrer Tochter.

»Ach so«, sagte Jennifer plötzlich und schlug sich mit dem Handteller auf die Stirn. »Emilys Tochter meint, der Mann mit dem blauen Mantel und der roten Mütze sei ein Engel. Klar, der war da. Ich habe ihm kurz zugewinkt. Mama, das war Paule!«

Marie starrte ihre Tochter an. »Paule? Der Mann, den Opa angefahren hat?«

»Ja, ich hätte es dir ja gestern im Café am liebsten schon erzählt, aber dann hätte ich zugeben müssen, dass ich am Bahnhof war. Er stand einfach so da. In dem Mantel, der ihm viel zu groß ist. Der gehörte, glaube ich, Papa. Mit dieser roten Mütze

sieht Paule ziemlich schräg aus, aber die sind ja jetzt modern für Männer, wenn auch nicht gerade in Rot.« Sie grinste. »Dann hätten wir das also auch geklärt. Ich lese jetzt mal zu Ende, ja?«
Jennifer sprang von ihrem Bett auf und umarmte ihre Mutter stürmisch. »Ich bin so froh, dass du jetzt alles weißt. Kann ich dir gleich vom Konzert erzählen?«

»Ja, mein Schatz. Bin gleich wieder da.«

Marie nahm zwei Zeitungen und brachte sie ihrem Vater und dem jungen Mann. »Es wäre nett, wenn Sie das lesen würden. Und du auch, Papa.«

»Danke«, sagten beide wie aus einem Mund. Als sie die Tür wieder hinter sich geschlossen hatte, fragte Willi verschwörerisch: »Wos hat denn die Marie? Host du was ogstellt?«

»Mal sehen«, sagte Paule. Beide Männer begannen, den Artikel zu lesen.

Zehn Minuten später sahen sie sich schweigend an.

»Du gehst also in einem blauen Mantel und einer roten Mütze umeinand«, sagte Willi. »Verheimlichst du uns wos? Oder host du irgendwelche Tricks gmacht am Bahnhof? Host wieder Funken gsprüht, wie am ersten Abend?«

Paule schwieg. Alex stand vor seinem Stuhl und wedelte freudig mit dem Schwanz. Er schien das alles nicht schlimm zu finden.

»Die Sache ist die«, sagte Paule langsam. »Wenn ich sage, was und wer ich bin, denken die Leute, ich lüge sie an oder sei verrückt oder sonst was.«

Willi ging zum Kühlschrank und machte zwei neue Flaschen Weißbier auf. »Versuch es doch mal mit der Wahrheit. Manchmal kommt man damit weiter, als man denkt.«

Er goss zwei große Gläser ein, schob eines über den Tisch und setzte sich wieder. »Prost, Paule, sorg di ned, i kann a Gheimnis scho für mi bhalte. I hob di übern Haufe gfahrn, also schuld i dir wos. Ob du jetzt der Moo bist, der vom Himmel gfalle is, oder der, der aus der Anstalt grennt is, des is mir wurscht.«

»Ich bin der Mann, der vom Himmel gefallen ist«, sagte Paule.

»Ja, mei«, sagte Willi und nahm einen großen Schluck Bier. »Und wos weider?«

»Ich habe mein Gedächtnis zum größten Teil wiedergefunden, bis auf einige entscheidende Details, die für meinen Auftrag wichtig sind.«

»Wos is des für a Auftrag?«

»Ich suche einen Mann, Einstein oder Weinstein, es geht um seine Hochzeit …«

»… die du eam vermasseln willst«, knurrte Willi. »Jo, der wird si freue.«

Der Engel mit Gedächtnislücken trank sein viertes Weißbier. Das Gebräu entspannte ihn und machte es ihm leichter, Willi seine Geschichte zu erzählen. Willi fand, in seinem Alter könne er großmütig sein gegenüber Spinnern aller Art, er gab gelegentlich einige zustimmende Laute von sich und enthielt sich weiterer Kommentare.

»I hob mal glesn, der Herrgott hätt den Mensch erschaffe, weil er vom Affe so enttäuscht war«, sagte er dann. »Und dann hod er auf weitere Experimente verzicht. Na erzähl nur weiter.«

Paule erzählte und erzählte. »Ja, do homma leider ein Problem«, sagte Willi, nachdem Paule ihm von dem Registraturfehler und seinem unerlaubten Aufbruch erzählt hatte.

»Ja, ich weiß, der Name des Mannes …«

»Nein!«, sagte Willi energisch und nahm einen Schluck Bier. »Nein! Marie. Sie is des Problem.«

In diesem Moment kam Marie herein. Sie sah die beiden Männer am Tisch sitzen, die Flaschen Weißbier vor sich, beide offenbar damit beschäftigt, sich über wirre Theorien auszutauschen. Sie hatte sich vorgenommen, entschieden und energisch aufzutreten, nicht wie eine verständnisvolle Frau, eher wie die Herrin im Haus, die den anderen den Kopf wäscht. Aber. Aber. Aber. Eine innere Stimme hatte ihr geraten, im städtischen Krankenhaus anzurufen. Dort hatte sie erfahren, dass einer der beiden ausgebüxten Männer wieder aufgetaucht und der andere offenbar wohlbehalten bei seinen Eltern in München gelandet war. Blieb also die Frage: Wer war der Fremde in der Küche, der mit ihrem Vater Weißbier trank?

Sie setzte sich an den Tisch. »Ich nehme mir auch eins, wenn du erlaubst«, sagte sie zu ihrem Vater und stand wieder auf. »Leider, Papa, muss Paule oder wie auch immer er heißt, seine Geschichte jetzt noch mal erzählen. Und wehe, ich höre jetzt wieder diese Geschichte über eine geheimnisvolle Himmelsmission oder so was. Dazu bin ich zu erschöpft.«

»Also wollen Sie lieber eine Lügengeschichte hören?« Paule sah sie direkt an mit diesen unbeschreiblich blauen Augen. Können diese Augen lügen?, schienen sie zu fragen. Aber Marie ließ sich nicht beirren.

»Kann sein, dass Sie glauben, Sie hätten einen Auftrag, kann sein, dass in Ihrem Kopf einiges durcheinander ist, kann sein, dass Sie größenwahnsinnig sind. Es gibt Leute, die halten sich für Napoleon.«

»Tatsächlich?« Paule schien beeindruckt. »Was haben sie davon?«

Marie nahm einen großen Schluck Weißbier. »Genau, was haben sie davon? Manchmal ist es nichts weiter als Wahn oder Irrsinn. Oder pure Angeberei. Bei manchen ist es einfach eine«, sie wedelte mit der Hand, »wie heißt das, ach ja, eine Stoffwechselkrankheit. Dann kommen die Gehirnströme durcheinander, und plötzlich sitzt man da und weiß nicht mehr, wer man ist, und hält sich für sonst jemanden.«

Marie schwieg einen Moment. Sie wollte diesen sanften jungen Mann nicht beleidigen. Sie war nur langsam am Ende mit ihrem Latein. Sie bat Paule, ihr noch mal alles zu sagen, woran er sich erinnerte.

Höflich und so zusammenhängend ihm das möglich war, erzählte Paule seine Geschichte. Allmählich bekam er Routine im Erzählen, und je häufiger er alles abspulte, desto glaubwürdiger, fand er, klang das Ganze.

In seinem Engelhandbuch stand, dass die Menschen sich Engeln gegenüber fast immer positiv und aufgeschlossen zeigten. Dass er es nun mit zwei Exemplaren zu tun hatte, die derart kritisch waren, bekümmerte ihn.

Marie hörte sich alles schweigend an, während sie ihr Bier austrank und dazu eine Brezen aß. Registraturfehler. Aufbruch gegen ausdrücklichen Befehl. Bruchlandung, erster Gedächtnisverlust. Autounfall, weiterer Gedächtnisverlust. Erstaunlich schnelle Genesung. Funken, die sprühten, allerdings nicht ständig. Die Funken waren eher die Ausnahme. Dazu kamen die Phantasien eines Kindes, von Emily Handersons Tochter. Und einige wundergläubige Bürger, die ebenfalls Funken im Schnee gesehen hatten.

»Beweise? Haben Sie irgendwelche Beweise dafür, dass Sie ein Engel sind?«

Paule schwieg. »Beweise? Was meinen Sie?«, fragte er leise. Er schämte sich, aber nicht seinetwegen, sondern wegen Maries Kleingläubigkeit.

»Wie wäre es mit einem kleinen Wunder?« Maries Stimme nahm wieder ihren typisch sarkastischen Klang an.

Paule antwortete nicht und mied Maries Blick. Was sollte er ihr sagen? Er hatte bereits zwei Wunder vollbracht, eines, um Willi bei seiner Erfindung zu helfen, ein weiteres, als er den armen Bruno Fischer mit positiver Energie erfüllte, damit er sich und seiner Tochter würde helfen können.

»Wissen Sie, ich kenne mich nicht aus mit Heiligen und mit Engeln und mit der Jungfrau Maria und so weiter.«

»Was redst denn du? Du bist mit der Kirch groß gwordn,

also kennst di wohl aus«, protestierte Willi, wenn auch nur schwach. Er war selbst kein eifriger Kirchgänger.

»Aber ich habe mal eine Geschichte gelesen von einer Heiligen«, sagte Marie. »Es war, glaube ich, die heilige Francesca von Rom. Sie lebte sehr gottesfürchtig, widmete sich den Armen und Kranken, aß immer nur hartes Brot, alles andere gab sie weiter.«

Paule hörte höflich zu. Er wusste natürlich, um wen es sich handelte. Besagte Heilige leitete im Himmel eine Spezialabteilung, er hatte allerdings vergessen, welche.

»Sie brauchte nur sehr wenig Schlaf«, fuhr Marie fort. »Zwei Stunden pro Nacht. Sie brachte die Zeit mit Lesen zu, und während sie las, erschien ihr jede Nacht ein Engel, der das Zimmer so erhellte, dass sie keine Lampe nötig hatte. Außerdem haben sie sich unterhalten.«

»Das tun wir ja auch«, sagte Paule. »Ich kann auch gern ein wenig Licht ins Zimmer werfen.«

»Ach«, sagte Marie und lächelte zum ersten Mal, seit sie in die Küche gekommen war. »Könnten Sie nicht ein Wunder wirken, damit ich Ihnen glauben kann?«

»Wenn Sie mir sagen, was Sie sich am meisten wünschen auf der Welt, kann ich Ihnen vielleicht helfen«, sagte er langsam. Er wusste nicht, warum er das tat, denn er sah Maries Gedanken, und die waren voller Sorgen. Im nächsten Moment offenbarte sich ihm Maries innigster Wunsch. Sie dachte: Ich hätte gern einen Mann, der mich liebt und sein Leben mit mir teilt. Doch sie sagte etwas anderes: »Jennifer. Sie soll ein langes, schönes, erfülltes Leben haben. Liebe, Freunde, Gesundheit, Glück, Geld. Bis ins hohe Alter.« Sie lachte, als fiele ihr gerade erst ein, dass dieses Wunder ja nicht sofort gewirkt werden könnte. »Na ja, und dann könnten Sie ja noch ein wenig Licht in diese Wohnküche bringen.«

Bevor sie zu Ende gesprochen hatte, erhellte ein goldenes, fast blendendes Licht den gesamten Raum. Keiner sagte ein Wort.

»Ich wäre dankbar«, sagte Paule nach einer Weile, »wenn Sie mir etwas versprechen könnten.«

»Mal sehen«, sagte Marie.

»Ob Sie mir nun glauben oder nicht: Gewähren Sie mir Unterkunft, solange ich hier bin. Es wäre schrecklich für mich, wenn ich vorzeitig abberufen würde. Also darf ich nicht auffallen. Deshalb brauche ich Asyl.«

»Ja, freili«, sagte Willi. »Du host bei uns dahoam Asyl, so lang, wie du willst.« Er sah seine Tochter an. Marie nickte langsam.

»Versprochen?«, fragte der Asylsuchende

»Versprochen«, sagte Marie mit fester Stimme. »Jedenfalls bis zu Papas Geburtstag. Und der ist übermorgen. Danach sehen wir weiter.« Sie lächelte ihm aufmunternd zu. »Sie sind natürlich eingeladen. Es werden eine Menge älterer Herrschaften da sein, aber es soll getanzt werden. Später kommen auch einige Kollegen von mir auf ein Bier vorbei.«

Willi nickte. »Die Jennifer bringts ihr Freundin Mona und noch a paar Schüler aus earer Klass mit. Des wird den Altersdurchschnitt a bisserl senken.«

Paule nickte abwesend. »Sie sind sehr nett, vielen Dank. Ich werde mir das Ganze ansehen, aber aus sicherer Entfernung.«

Tatsächlich hatte Marie mit den Vorbereitungen für den Geburtstag ihres Vaters so gut wie nichts zu tun gehabt. Er hatte darauf bestanden, alles selbst in die Hand zu nehmen, und zeigte sich dabei ungewöhnlich tatkräftig und rüstig. Was vielleicht auch damit zu tun hatte, dass er seinen besten Freund Friedl wieder besuchen konnte, denn Marie hatte ihm den Autoschlüssel zurückgegeben – mit vielen Ermahnungen.

An Willis Geburtstag stand Marie früh auf. Sie hatte viele Geburtstage ihres Vaters erlebt, sie wusste, was ihr bevorstand.

Er würde den ganzen Tag über grantig sein, sich beschweren über all die Glückwünsche und nichtsnutzigen Geschenke, er würde ab mittags Bier in sich hineinschütten vor lauter Aufregung und schließlich, am Ende der Veranstaltung, doch gerührt sein. Zu ihrer Freude hatte Willi Tante Agathe angerufen und ihr gedankt für das Angebot, in ihrem großen Haus ein Fest ihm zu Ehren zu geben. »Aber weißt, Agathe, du musst verstehn, i will des Johr ganz viel Leud einlade, und a Musi spült, und alle solln tanze. Du sollst bei mir am Tisch sitzen, und ich bitt di jetzt scho um den ersten Tanz.«

Tante Agathe, sonst nicht leicht zu beeindrucken, war sprachlos über so viel Liebenswürdigkeit und zeigte sich schließlich mit allen Vorschlägen Willis einverstanden.

»Da feit si nix«, sagte Willi nach dem Telefonat und rieb sich die Hände.

Das Fest würde im »Goldenen Ochsen« stattfinden, im Tanzsaal eines typisch bayrischen Gasthauses mitten in der Stadt, für alle gut erreichbar. Marie hatte ihr schönstes Dirndl angezogen – das grüne mit der weißen Bluse –, und selbst Jennifer hatte auf ihre Jeans verzichtet und einen schwarzen Cordrock mit einem pinkfarbenen Pullover gewählt.

Marie ließ den Strom der Gäste an sich vorbeiziehen, sie stand neben ihrem Vater, dankte für die Geschenke und die vielen guten Wünsche. Sie freute sich, als sie merkte, dass er den Abend genoss. Schließlich waren fast alle Gäste da, es wurde Zeit fürs Abendessen.

»Wo ist Paule?«, fragte sie ihren Vater leise.

»I wos ned, er wollt sich verdrückn und ned auffallen. Weißt ja eh, wie er ist. Und i kann heut kein Funkengstöber ned brauchn, weißt.«

»Ja«, sagte Marie und nickte. »Hoffentlich macht er keine Dummheiten. Wer fehlt denn noch?«

Willi zuckte die Achseln. »Host du ned dei Chef und deine Kollegen eingeladn?«

Marie schüttelte energisch den Kopf. »Nicht zum Essen. Vielleicht kommen später ein paar vorbei auf ein Bier oder zum Tanzen. Das hatten wir doch so besprochen. Es ist schließlich dein Fest.«

Es gab Schweinsbraten mit Knödeln und Krautsalat, dazu Bier und Wein und hinterher Schnaps. Marie sprach einige Worte, dann hielten Tante Agathe und Willis bester Freund Friedl jeweils eine sentimentale Rede, so dass einige Leute ihre Taschentücher rausholten.

Das fehlt noch, dass jetzt alle in Sentimentalität versinken, dachte Marie und gab dem DJ hastig ein Zeichen. »Spielen Sie irgendwas Munteres. Das ist ein Geburtstag, keine Beerdigung.«

Der DJ spielte alte Schlager wie »Tom Dooley« und »Der lachende Vagabund«, und Willi führte, wie versprochen, Tante Agathe auf die Tanzfläche. »Ein wunderbares Fest, Willi«, seufzte sie.

»Ned wahr? Und des Tanzen tut gut«, sagte Willi. »Dann wirst ned so schnell bsuffa. Schau mer mal, wer von uns a bessre Kondition hat, du oder i.«

Marie ging auf die schneebedeckte Terrasse, um etwas frische Luft zu holen. »Servus«, sagte jemand im Dunkeln hinter ihr. »Wie läuft das Fest denn so?«

»Oh, hallo Georg. Wie lange sind Sie schon hier?«

»Vielleicht eine halbe Stunde oder so. Die anderen kommen später. Ich bin kurz rausgegangen, weil ich es drinnen so heiß finde.« Er stand neben einem Fenster und hatte ein Glas Wein auf der Terrassenmauer abgestellt. »Möchten Sie einen Schluck?«

Marie nickte. »Gern. Ich habe kaum etwas getrunken vor lauter Aufregung.« Sie nahm einen Schluck Wein. »Danke, nicht schlecht, was mein Vater da ausgesucht hat.«

Georg lachte. »Scheint ein netter Kerl zu sein, Ihr Vater. Nach allem, was die Redner über ihn sagten.«

In diesem Moment öffnete jemand das Fenster hinter Georg, und sie hörten, wie der DJ »Wonderful World« von Sam Cooke ankündigte. »Das ist einer meiner Lieblingssongs«, rief Georg. »Kommen Sie, Marie, wir tanzen!« Er nahm Marie in den Arm, und sie tanzten im Schnee, während Georg laut mitsang.

Don't know much about history
Don't know much biology
Don't know much about a science book
Don't know much about the French I took
But I do know that I love you,
And I know that if you love me too,
What a wonderful world this would be.

Marie fühlte sich beschwingt und gelöst und sang ebenso ausgelassen mit.

Als das Lied verklungen war, sah Georg sie sehnsüchtig an. Sie ist hinreißend, ich würde sie am liebsten küssen, dachte er. »Marie«, sagte er leise und beugte sich über sie. Marie antwortete nicht und schloss die Augen.

Doch er küsste sie nicht. Stattdessen machte er sich los und stotterte: »Entschuldigen Sie, ich muss los. Ich werde noch erwartet.« Damit stolperte er durch die Terrassentür in den Tanzsaal zurück.

Marie fand, dass es aussah, als sei er auf der Flucht. Sie blickte ihm nach und fühlte einen kurzen Schmerz in ihrer Brust. Reiß dich zusammen, ermahnte sie sich. Er ist wahrscheinlich schon vergeben und haut deswegen ab. Sie atmete tief durch und fuhr sich durchs Haar. Dann lehnte sie sich an eine Säule und beobachtete die feiernden Menschen. Tante Agathe, die auf eine andere ältere Dame heftig einredete. Willi, der eine Frau nach der anderen auf die Tanzfläche führte und seinem Freund Friedl immer wieder zurief: »Los, steh auf, Friedl, du Bazi, sei net so faul!«

Sie sah Mona und einige ihrer Klassenkameraden. Wo war Jennifer? Sie tanzte. Mit einem Jungen, den Marie nicht kannte. Vielleicht dieser Huber Joachim, den sie öfter erwähnte in letzter Zeit. Marie lächelte wehmütig.

Paule, der sich draußen im Dunkeln auf der Terrasse in einem Erker verbarg, hatte Marie und Georg bei ihrem Tanz beobachtet und war verwirrter denn je. Dieser Mann, dessen Gesicht er nicht gesehen hatte, kam ihm bekannt vor. Schade, dass er so schnell weggerannt war.

Paule seufzte. Das menschliche Leben war wirklich kompliziert. Von der menschlichen Liebe ganz zu schweigen.

# Kapitel 14

Radler erhielt selten Anrufe, die ihn beunruhigten oder sogar ärgerten. Dieser war so einer. Schon nach Lins Artikel über die seltsame Mondnacht hatte sich ein Mann gemeldet, der sich als Engelforscher ausgab und darum bat, mit Lin sprechen zu dürfen. Nach dem Interview mit Emily Handerson meldeten sich immer mehr Leute, obwohl die Zeitung ja nicht überregional erschien. Es gab, wie Radler feststellen musste, mehr Engelforscher in Deutschland, als er geahnt hatte.

»Sehen Sie, normalerweise sind Engel unsichtbar, entfalten aber große Stärke«, belehrte ihn der Mann, der sich als Sebastian Wolfert vorgestellt hatte. »Wenn nun einer in Menschengestalt auftaucht, dann ist er sicher in einer besonderen Mission unterwegs, ein heiliges, fremdartiges Geschöpf, das wir näher untersuchen sollten.«

»Ich widme mich nicht der Erforschung fremdartiger Himmelsboten. Ich mache eine Zeitung«, hatte Radler gesagt und den Hörer aufgelegt.

Doch sein Instinkt sagte ihm, dass die Sache weitere Kreise ziehen und ihm und seinen Redakteuren womöglich bald über den Kopf wachsen würde. Der Bürgermeister hatte ihn angerufen und ihn davon in Kenntnis gesetzt, dass sich einige Forscher und Wissenschaftler angekündigt hätten, entschlossen, die Phänomene in der bayrischen Kleinstadt genau zu untersuchen. »Wenn die überregionale Presse davon Wind kriegt, wird es hier von Zeitungsleuten nur so wimmeln«, sagte der Bürgermeister. Er klang sehr munter.

»Wir haben die überregionale Presse bereits hier«, sagte Radler. »Einer unserer besten Leute aus München arbeitet an der Sache. Um diese Forscher müssen Sie sich kümmern. Es ist kurz vor Weihnachten, ja, sicher, aber ich denke, wir sollten die Sache nicht zur Staatsaffäre aufblasen.«

Nachdem Radler an diesem Morgen schon wieder mit dem Bürgermeister telefoniert hatte, saß er einen Moment wie versteinert auf seinem Stuhl. Der Bürgermeister hatte ihn informiert, dass sich immer mehr Leute ankündigten, und er klang nicht mehr ganz so munter. »Ich fürchte, es handelt sich um eine Mischung aus Eso-Spinnern, selbsternannten Fachleuten und einigen seriösen Religionswissenschaftlern.« Die Wetterverhältnisse waren durch weitere Schneefälle nicht die besten, doch der Bürgermeister war sicher, dass die Meute bald eintreffen würde. Noch gab er sich Radler gegenüber optimistisch: »Schließlich kann unsere Kleinstadt durchaus etwas Werbung gebrauchen.«

Radler war nicht recht wohl bei der Sache. Sicher, Georg, Lin und Marie kümmerten sich um die ganze Angelegenheit. Er aber trug die Verantwortung und würde sich womöglich komplett lächerlich machen.

Unkonzentriert blätterte er in der Zeitung der Konkurrenz. Auf einer der hinteren Seiten stieß er unter »Vermischtes« auf ein Bild mit einer Unterschrift. Sieh mal an, dachte er und pfiff leise durch die Zähne, während er den kurzen Text las.

Marie hatte in der Redaktion Bescheid gesagt, dass sie nach dem Geburtstagsfest später kommen würde, sie wollte in Ruhe ausschlafen und dann mit ihrem Vater frühstücken.

Paule hatte sich bereits früh verschiedene Zeitungen besorgt, darunter auch einige Münchner Wochenzeitungen. Gut möglich, dass er die geheime Nachricht dort fand. Beim Frühstück blätterte er sorgsam alle Seiten durch, und tatsächlich entdeckte er im *Münchner Merkur* den richtigen Artikel. Sein Blick fiel auf das Bild, das einen Mann neben einer Frau zeigte, beide freundlich lächelnd, als wollten sie dem Fotografen eine Freude machen.

»Das ist er!«, rief Paule aufgeregt. »Endlich! Das ist der Mann, dem ich helfen soll.« Er reichte Willi die Zeitung über den Tisch. Willi, noch etwas verkatert, besah sich das Foto, das ein junges Paar zeigte. Er las den kurzen Artikel und zuckte mit den Achseln. »Ko Ahnung, wer des is.« Er erhob sich und rief seine Tochter. »Marie! Kimm her, do is was Intressants in der Zeitung.«

»Gleich«, rief Marie. »Ich komme gleich runter, ich schau gerade, ob Jennifer alles für die Schule eingepackt hat.«

Zwei Minuten später polterte Jennifer die Treppe hinunter, steckte ihren Kopf kurz in die Tür und rief: »Super Party, Opa! Das haben alle gesagt. Servus, bis heute Nachmittag. Ich muss los.«

Alex bellte. Er schien ebenso aufgeregt wie Paule zu sein, der heimlich hinter Willis Rücken immer wieder Milch in seinen Kaffee goss, damit er nicht so bitter schmeckte.

»Was gibt's?«, fragte Marie. »Viel Zeit hab ich leider nicht. Radler hat mich gerade angerufen, dass ich so schnell wie möglich kommen soll.«

»Hier«, sagte Paule feierlich. »Das ist der Mann.«

Marie warf einen Blick auf das Foto und erstarrte. »Das ist ja Lin«, entfuhr es ihr. »Meine Kollegin. Und der Mann …« Sie brach ab und las stirnrunzelnd die wenigen Zeilen, die unter dem Bild standen:

*Georg Weinstein zeigte sich am vergangenen Sonntag mit seiner neuen Freundin Lin Fabienne bei der Ausstellungseröffnung im Stadtpalais. Die schöne Deutsch-Chinesin mit französischen Wurzeln erklärte, sie und der wohlhabende Verlegersohn wollten bald heiraten.*

»Das ist er«, sagte Paule wieder triumphierend.

»Ach ja?«, sagte Marie. Ihre Stimme klang kalt. »Verlegersohn, sieh mal an, das wusste ich ja gar nicht. Weil er einen anderen Namen benutzt. Will wohl nicht erkannt werden, was?«

»Sie kennen ihn?«, fragte Paule.

»Allerdings. Münchner Journalist. Mir hat er sich allerdings nicht als Georg Weinstein vorgestellt, sondern als Georg Fahrenholzer. Sein Vater ist Zeitungsverleger. Ich habe ihn vor Jahren mal kennengelernt und weiß, dass er drei Kinder hat. Die habe ich allerdings nie gesehen. Dieser Georg ist eines von ihnen und arbeitet jetzt mit mir an, nun ja, dieser Geschichte. Und gestern Abend war er kurz bei Papas Fest.«

»Er war da? War das der Mann, mit dem Sie getanzt haben?« Willi sah seine Tochter fragend an.

Marie wurde rot. »Ja, einen Tanz. Mehr nicht. Er musste plötzlich weg. Was soll's, ist auch egal.« Marie warf die Zeitung auf den Tisch. »Meinen Segen hat er. Mit dieser Frau wird er allerdings kaum die Melodie des Himmels hören.« Marie erschrak über sich selbst. Mein Gott, dachte sie, wieso sage ich das? Ich will ihm doch nichts Böses. Und Lin, gut, sie ist nicht meine beste Freundin, aber wenn die beiden zusammen glücklich werden wollen, was sollte ich dagegen haben?

Überraschenderweise war Paule ganz ihrer Meinung. »Eben«, sagte er eifrig, »mit ihr kann er die Melodie des Himmels niemals hören. Denn sie ist für ihn die Falsche. Darum geht es ja die ganze Zeit. Der Fehler liegt bei uns. Ich werde ihn heute aufsuchen, sobald ich mit meiner Arbeit in der Buchhandlung fertig bin.«

Marie sah ihn von der Seite an. »Was wollen Sie ihm sagen? ›Hallo, mein Freund, deine Braut ist leider nicht die Richtige‹? ›Sag Bye-bye, baby!, und such dir dann so bald wie möglich eine andere‹?«

So in der Art, dachte Paule, antwortete jedoch nicht. So würde es vielleicht gehen. Er hatte sich darüber noch keine Gedanken gemacht. Hätte er keine Bruchlandung hingelegt und wäre er nicht in Menschengestalt unterwegs, wäre die

Sache ganz einfach und unbemerkt abgelaufen. Mit Hilfe der Kräfte, über die nur unsichtbare Engel verfügen, hätte er einfach Einfluss auf Georg genommen. So aber würde er improvisieren müssen. Und trotz all seiner Probleme fühlte er sich wunderbar und weniger zerknittert als an den vorherigen Tagen.

Die Sonne zeigte sich als zartrosa Hauch am trüben Himmel, als Marie durch die verschneiten Straßen ins Büro fuhr. Sieh mal einer an, dachte sie. Dieser Mistkerl. Hat mich angelogen. Hat sich glatt als Fahrenholzer vorgestellt. Und diese raffinierte Lin! Hat sich doch tatsächlich den besten Typen für ihre Karriere geangelt, der denkbar ist. Wahrscheinlich dröhnt ihr die ganze Zeit über himmlische Musik in den Ohren.

Marie war sauer, ohne recht zu wissen, warum. Eine sehr leise Stimme sagte ihr: Du findest ihn nett. Du findest, Lin hat ihn nicht verdient. Du bist eifersüchtig. Und das alles willst du dir nicht eingestehen.

»Blödsinn!«, sagte Marie laut, während sie auf den Parkplatz fuhr. Sie atmete dreimal tief durch, fuhr sich durch ihre langen Haare und stieg aus.

Radler und Georg saßen bereits bei offener Tür in Radlers Büro, und Radler winkte Marie herein.

»Komm rein und mach die Tür zu«, sagte er. Georg nickte ihr kurz zu und murmelte: »Servus.« Marie antwortete förmlich: »Guten Morgen, die Herren«, und setzte sich möglichst weit weg von Georg.

»Die Sache wird langsam ungemütlich«, sagte Radler. »Uns rücken die Engelforscher und Eso-Heinis auf die Bude. Dauert nicht mehr lang, und wir können uns hier in dem Kaff vor Touristen nicht mehr retten.«

»Seit wann haben Sie denn was gegen Touristen?« Marie zog die Augenbrauen hoch. »Marie, denk doch mal nach. Die stellen uns Fragen, dir, mir, Lin und Georg, eben allen, die bis jetzt mit der Geschichte zu tun hatten. Und in Wahrheit haben wir nichts Konkretes.«

Ich schon, dachte Marie, sagte jedoch nichts. Die Vorstellung, dass man Paule wie ein exotisches Wesen unter die Lupe nehmen würde, gefiel ihr gar nicht. Er war so ohne Arg, so unschuldig. Sie wollte ihn nicht an sensationslüsterne Leute ausliefern, die sich mit ihm schmücken, von ihm profitieren, mit ihm womöglich Geld machen wollten. Sie hatte ihm ihr Versprechen gegeben, und sie würde es halten.

»Wer hat sich denn konkret angekündigt?«, fragte sie.

»Um die meisten will sich der Bürgermeister kümmern«, antwortete Radler. »Aber zwei haben sich bei mir angesagt, ein Engelforscher aus Berlin, ein weiterer aus Freiburg. Ich denke, bis heute Mittag werden noch etliche dazukommen. Sie werden mit dir und Georg sprechen wollen.«

Marie überlegte. »Wir könnten sie zu dem Kohlenhändler schicken.«

Radler nickte nachdenklich. »Ja, gute Idee. Und ihr beide schreibt heute etwas, was die Sache gründlich runterfährt, verstanden? Kurze Zusammenfassung mit einzelnen Zitaten, aber dem Tenor nach eben eher so, dass an allem nichts dran ist.«

Georg hatte bislang nichts gesagt. »Ich weiß nicht so recht«, sagte er jetzt. »Es wirkt so defensiv, es kommt mir irgendwie falsch vor. Bald ist Weihnachten, und selbst wenn hier einiger Rummel ist, wieso sollten wir die Story nicht noch ein bisschen am Köcheln halten?«

»Wenn wir Journalisten in die Rolle der Befragten kommen, wenn wir plötzlich allen gegenüber die Kronzeugen sind, dann ist das eine undankbare Angelegenheit«, sagte Radler. »Stellen Sie sich doch nur mal vor, ich muss im Fernsehen auftreten und mich in Sachen Engel äußern! Ihnen ist doch klar, dass mit dem Rummel irgendwann auch die überregionalen Medien kommen werden. Da wir keinen Engel vorzuweisen haben, werden wir uns blamieren und dumm dastehen.«

Marie nickte. Radler hatte recht. Sie mussten entweder einen handfesten Engel präsentieren oder aber zurückrudern. »Also, ich kümmere mich um diese Forscher und schicke sie zu dem Kohlenhändler«, sagte sie. »Was ist mit Lin?« Automatisch sah sie Georg an. »Ist sie noch krank?«

»Sie kommt nachher«, sagte er. »Sie wird uns dabei helfen, einigen Anrufen nachzugehen. Den Artikel könnten wir dann heute Nachmittag gemeinsam schreiben.«

»Gut«, sagte Radler. »Haltet mich auf dem Laufenden. Und keine Alleingänge, klar?«

»Klar«, sagte Marie. Sie verließ Radlers Büro und ging zu ihrem Schreibtisch.

Georg folgte ihr. »Alles in Ordnung?«

»Sicher, Herr Weinstein, warum nicht?« Marie musterte ihn kühl.

»Sie haben es gelesen.«

»Ja. Und bestimmt nicht nur ich. Warum verwenden Sie nicht Ihren richtigen Namen? Sie schreiben ja sogar unter einem anderen Namen.«

»Können Sie sich das nicht vorstellen? Ich war im Ausland, ein Jahr in den USA, ein Jahr in China. Und dann bat mein Vater mich, für einige Zeit in der Politikredaktion auszuhelfen. Er bittet mich selten um etwas, und ich habe ja gesagt, unter zwei Bedingungen.«

»Und die waren?« Marie tat gleichgültig, war es jedoch nicht.

»Erstens: Ich recherchiere und schreibe unter Pseudonym, damit ich nicht überall als Verlegersohn auftreten muss. Denn glauben Sie mir, das ist nicht gerade hilfreich bei der Arbeit. Zweitens: Ich mache es nicht länger als acht Monate.«

»Ach, und die sind jetzt um.«

»Im Januar«, sagte Georg.

»Dann haben Sie ja genügend Zeit, Ihre Hochzeit vorzubereiten. Gratuliere übrigens. Und jetzt an die Arbeit.« Marie wandte sich ihren E-Mails zu. »Ich drucke wieder die interessantesten aus. Und heute Mittag, wenn Lin da ist, überlegen wir gemeinsam, wie wir die Arbeit aufteilen.«

Georg nickte. Er schien überrascht von ihrem ruhigen, gelassenen Vorgehen. »Sind Sie gar nicht sauer, weil Radler die Sache runterfahren will?«

»Nein, ich verstehe ihn. Letztlich ist er ja der Verantwortliche. Er will nicht riskieren, sich lächerlich zu machen. Ach, und übrigens, was meine Tochter angeht. Ich wusste nicht, dass sie am Bahnhof war. Sie hat mit ihrer Freundin die Schule geschwänzt. Und tatsächlich jemanden gesehen, auf den unsere Beschreibung passt, vielmehr die Beschreibung von Emilys Tochter. Aber viel weiter bringt uns das auch nicht. Denn keiner kann uns sagen, wo sich dieser geheimnisvolle Unbekannte in seinem blauen Mantel mit roter Mütze aufhält. Er scheint verschwunden zu sein.«

Sie war überrascht, wie leicht ihr das Lügen fiel. Ich tue es, um unseren Gast zu schützen, dachte sie. Allerdings ist mir nicht klar, wie ich ihn davon abhalten kann, hier in die Redaktion zu marschieren, direkt auf Georg zu. Denn wenn er das tut, wird man ihn sehr wahrscheinlich in die nächste Anstalt für Geisteskranke einliefern und so schnell nicht mehr entlassen.

Georg nickte. Er wirkte bedrückt. Vielleicht, überlegte Marie, ist er enttäuscht, vielleicht fühlt er sich von Radler ausgebremst. Vielleicht hatte er auch Krach mit seiner Zukünftigen. Egal, was es war, es ging sie nichts an.

Sie las konzentriert ihre Mails, druckte einige davon aus und reichte sie Georg. »Hier, die können Sie sich mal ansehen, bis Lin kommt.«

Georg nahm den Stapel Papier ohne ein weiteres Wort an sich und verschwand an Lins Schreibtisch.

Gegen Mittag drängten sich um Marie fünf Engelforscher und bestürmten sie mit Fragen. Sie sahen beseelt und vegetarisch aus, fand Marie. Sie gaben sich feierlich, so als hätten sie lange auf diese ihre Berufung gewartet, und behandelten Marie ein wenig herablassend.

»Wenn Sie sensibel sind, können Sie Ihren Schutzengel spüren. Er sitzt hinter Ihrer rechten Schulter«, sagte ein grauhaariger Mann.

Sie halten mich für eine Ungläubige, dachte Marie. Sollen sie ruhig, es ist ganz praktisch. Sie blieb liebenswürdig und geduldig und betonte immer wieder, dass sie nur ein Interview mit Emily Handerson geführt habe, bezeugen könne sie keinesfalls, was deren Tochter gesehen habe. Ja, es gebe Leute, die glaubten, sie hätten einen funkensprühenden Engel gesehen, und ja, sie könne ihnen die Adressen geben, vorausgesetzt, die Leute wären bereit, die Fragen der Engelforscher zu beantworten. Das müsse sie vorher klären.

Die Engelforscher zeigten sich aufgeregt und begeistert. Marie hatte den Eindruck, sie sei in ihrer Gunst etwas gestiegen. Sie telefonierte ein wenig herum und reichte den Forschern, es waren drei Frauen und zwei Männer, die Adressen. Gern hätte sie zwischendurch zu Hause angerufen, doch das hätte Georg bemerkt.

Nachdem die Truppe abgezogen war, schlenderte Marie zu Lins Schreibtisch. »Wo bleibt denn Ihre Zukünftige?«, erkundigte sie sich bei Georg, der gerade entnervt den Hörer auflegte.

»Sie muss jeden Moment hier sein. Also, die Leute hier sind schon seltsam. Widersprechen sich in einer Tour. Die meisten wollen sich bloß wichtigmachen.«

»Sag ich ja«, sagte Marie. »Das liegt nun mal in der menschlichen Natur.« Sie lachten, und Marie spürte, wie sich die unangenehme Spannung zwischen ihnen auflöste. In diesem Augenblick kam Lin herein.

»Na, eure Bekanntschaft macht ja Riesenfortschritte«, sagte sie leicht säuerlich.

»Das bleibt nicht aus«, sagte Marie vergnügt und zwinkerte Georg zu, »wenn man zusammenarbeitet.«

»Ich habe ja gleich gewusst, dass du dir die Story unter den Nagel reißen willst«, schnaubte Lin. Offenbar war sie wieder gesund, aber sehr schlechter Laune.

»Oh, du kannst sie gern haben, diese Story. Allerdings wird sie auf Anweisung des Chefs gerade runtergefahren.«

Lin sah Marie an. »Was soll das heißen? Habt ihr die Sache verbockt?«

»He, Lin, was soll das?« Georg stand auf, damit sie sich auf ihren Stuhl setzen konnte, und legte ihr kurz seine Hand auf den Arm.

»Lass mich zufrieden«, zischte Lin.

Marie hob die Hände, ging zu ihrem Platz und nahm ihre Tasche. »Georg, bringen Sie unsere Kollegin doch mal auf den neuesten Stand. Ich habe kurz etwas zu erledigen. Bis später.«

»Wo gehst du hin?« Lins Stimme klang misstrauisch.

Marie antwortete nicht. Sie wollte so schnell wie möglich ungestört telefonieren.

Vom Parkplatz aus rief sie zunächst ihren Vater an. »Du musst Paule bitten, heute zu Hause zu bleiben. Hier schwirren lauter Forscher rum, alle möglichen Leute. Er soll sich nicht in der Buchhandlung zeigen und auf keinen Fall in die Redaktion kommen, sag ihm das, hörst du?«

Ihr Vater atmete hörbar ein und aus. »Jesses, Marie, der is scho fort. Vielleicht is er bei Bruno Fischer, i denk, er wollt dort a bisserl aushelfn.«

Marie machte sich sofort auf den Weg.

Paule war so gut gestimmt, dass er die ganze Zeit vor sich hinsummte. Er packte Bücherkisten aus und versuchte, nicht auf das Geschwafel zu achten, mit dem ihn der Kaktus bombardierte. »Ich hatte mir die Gesellschaft eines Farns irgendwie anregender vorgestellt. Er steht hier nur rum und sieht gut aus. Aber er spricht nur sehr wenig mit mir, so als könne er mich nicht leiden. Wäre ich nicht ein so großmütiger Charakter, wäre ich gekränkt.«

»Ha!«, antwortete der zarte Farn. »Was soll ich erst sagen? Wurde aus einem schönen, gemütlichen Blumenladen hierher verfrachtet zu diesem stacheligen Wichtigtuer. Wieso konnte mich nicht jemand kaufen, der ein paar nette andere Zimmerpflanzen hat und nachmittags ein nettes Fernsehprogramm anstellt? So muss ich mir dauernd was anhören über einen gewissen Marcel und seine Madeleine.«

Paule seufzte. Das harmonische Zusammenleben war nicht einfach auf Erden, offenbar auch nicht für Pflanzen. Er dachte an Georg Weinstein. Endlich hatte er ihn gefunden, das heißt, er wusste, wo er sich aufhielt. Er würde zu ihm hingehen und ihm sagen, dass er sich die Falsche ausgesucht hatte. Ganz einfach. Sicher würde dieser Mann in seinem Herzen spüren, dass er die Wahrheit sagte, und dann würde er sich auf den Weg machen und die Frau suchen, die sein Glücksversprechen war. Sie konnte nicht weit sein, schließlich war sie damals auch eingeladen gewesen zu diesem Fest. Sie war nur nicht gekommen, warum auch immer.

Er war so tief in Gedanken versunken, dass er nicht bemerkte, wie Marie durch den Laden direkt auf ihn zukam. »Paule, Sie müssen hier weg, ich meine, weg aus dem Laden. Jemand könnte Sie hier erkennen. Es sind Engelforscher in der Stadt, die nach Ihnen suchen. Und das Fernsehen wird kommen. Und andere Journalisten von anderen Zeitungen.« Sie sprach leise und eindringlich. »Auf Anhieb würde Sie wahrscheinlich niemand erkennen. Aber wenn Sie plötzlich Funken sprühen, wer weiß, was die dann mit Ihnen anstellen. Sie sollten sich bei meinem Vater im Haus verstecken, bis der Rummel sich gelegt hat.«

»Und was wird mit Georg? Ich muss ihm die Nachricht bringen, ich darf jetzt nicht kneifen.«

»Wenn die Leute auf Sie aufmerksam werden, haben Sie keine Gelegenheit mehr, ihm etwas zu sagen. Man wird Sie befragen, untersuchen, man wird Sie festhalten, schon weil Sie keine Papiere haben. Jemand ohne Papiere, das wird nicht gern gesehen in Bayern.« Marie wurde ungeduldig. »Kommen Sie jetzt, wir gehen. Ich fahre Sie schnell nach Hause, und Sie rühren sich nicht mehr vom Fleck.«

Widerstrebend folgte Paule ihr. »Auf Wiedersehen, Herr Fischer«, sagte er. »Ich weiß nicht, ob ich wiederkommen kann. Ich muss dringend etwas erledigen.«

»Aber Sie bekommen noch Geld!«, rief Bruno Fischer. »Und was ist mit dem Weihnachtsgeschäft? Sie können mich doch jetzt nicht hängen lassen.«

»Es geht nicht anders. Er muss leider dringend weg, dieser junge Mann. Wie wäre es, wenn Sie sich einfach einen anderen Studenten suchen?«

Bruno Fischer starrte sie an. »Ich will keinen anderen«, sagte er. »Ich will ihn.«

»Vielleicht in einigen Tagen«, tröstete Marie ihn. »Wenn Sie wollen, kann ich Ihnen bis dahin jemanden als Ersatz schicken.«

»Also bitte«, sagte Bruno Fischer. »Wenn es wirklich nicht anders geht.«

Er sah den beiden nach, wie sie mit raschen Schritten durch den Schnee zu Maries Auto gingen.

»Da war dieses Fest«, sagte Paule unvermittelt im Auto. »Vor ungefähr zwei Monaten. Da sollte Georg diese andere Frau kennenlernen. Aber sie war nicht da, und so hat er Lin getroffen. Unser Fehler. Das habe ich ja schon erklärt.«

»Richtig.« Marie nickte und steuerte den Wagen vorsorglich durch Nebenstraßen. Sie wollte nicht gesehen werden mit einem jungen Mann, auf den eine gewisse Beschreibung gut passte, aber sie konnte ihn schlecht in den Kofferraum packen. »Und weiter?«

»Ganz einfach. Wenn diese Frau auch auf diesem Fest eingeladen war, dann war es doch wahrscheinlich eine Kollegin, oder? Es war wahrscheinlich kein privates Fest, sondern ein Verlagsfest. Also war es entweder eine Verlagsangestellte oder eine Journalistin.«

Marie schwieg.

»Wie Sie«, fügte Paule hinzu.

»Na ja«, sagte sie. »Ich war auch eingeladen, konnte aber nicht hingehen, weil Jennifer krank war. Es war ein großes Fest, das in München stattfand. Es waren jede Menge Verlagsangestellte eingeladen. Es kann eine Sekretärin oder eine freie Mitarbeiterin oder eine Frau aus der Anzeigenabteilung oder dem Marketing gewesen sein. Der Verlag ist groß.«

»Oh«, sagte Paule. Er klang enttäuscht. Eine Weile sagte keiner von beiden etwas. »Sie müssen diesen Georg zu mir bringen«, sagte Paule schließlich. »Ich muss mit ihm sprechen. Ich werde es mit Energieübertragung versuchen. Dadurch wird es ihm leichter fallen, die Frau zu erkennen.«

Marie lächelte. »Sie geben nie auf, was?« Verrückter Kerl, dachte sie.

Nachdem sie Paule bei ihrem Vater abgeliefert und beide ermahnt hatte, zu Hause zu bleiben, fuhr sie in die Redaktion zurück.

Sie dachte an ihre Tochter. Als Jennifer klein war, setzte sie dem schlichten Realismus der Erwachsenen ihren sturen Kinderglauben entgegen. Sie hatte zwar nicht viel mit Engeln am Hut, war aber überzeugt davon, dass es Feen, Monster und Hexen gab, und pflegte unbefangen Umgang mit ihnen. Sie erfand abenteuerliche Geschichten, und Marie hatte sich damals gefreut über die Kraft der kindlichen Phantasie, die da am

Werk war. Dieser Glaube, der Berge versetzt, er verschwindet eines Tages aus dem Gemüt, dachte Marie. Aber was, wenn dieser Glaube, wenn auch in anderer Form, eines Tages wiederkäme? Was wäre, wenn man sich plötzlich selbst als heiliges Wesen begreifen würde? Von Gott geschaffen, einmalig, mit einer unsterblichen Seele? Wäre das nicht tröstlich? Ja, das wäre es. Es würde bedeuten, dass man all das hektische Treiben, alle Niederlagen und Schicksalsschläge, aber auch alle Erfolge und Reichtümer nicht ganz so wichtig nehmen müsste, dass man einen inneren Ort hätte, an dem Frieden herrschte, Stille, Freude. Wenn sie ehrlich mit sich war, spürte sie in sich ein Verlangen nach einem solchen Ort.

Die Frage, mit der sie sich jetzt fast unentwegt beschäftigte, war: Gab es Engel? Und wenn ja, wie erkannte man sie? An ihrer Güte? Oder daran, dass sie Funken sprühten? Plötzlich breitete sich eine große Ruhe in ihr aus. Blieb nur noch das Problem, Georg zu einem Gespräch mit Paule zu bewegen.

Vor dem Verlagsgebäude parkten mehr Autos als sonst, und Marie ahnte, dass irgendetwas im Gange war.

Lin und Georg saßen vor Lins Computer, Lin tippte konzentriert, und Georg sah ihr über die Schulter. »Servus, wie weit seid ihr?«

Lin antwortete nicht, aber Georg nickte kurz. »Wir sind gerade dabei, einige Zitate der Engelforscher in einen extra Kasten zu packen, möglichst sachlich. Wenn Sie wollen, können Sie schon mal mit der Geschichte des Kohlenhändlers anfangen.«

»Ist gut«, sagte Marie und machte sich an die Arbeit. Während sie schrieb, dachte sie: Wie seltsam. Erst habe ich keine Sekunde an diese Engelgeschichte geglaubt. Jetzt denke ich anders über die Sache und mache unseren Lesern vor, es handle sich lediglich um eine spinnerte Idee. Sie war sich gleichzeitig bewusst, warum sie das tat. Sie wollte Paule schützen, und sie wollte auch, dass Georg seine Chance auf wirkliches Glück erhielt. Wie sie dazu beitragen konnte, war ihr jedoch nicht klar. Solange Lin dabei war, konnte sie ihn schlecht zu sich nach Hause bitten: »Ach, kommen Sie doch auf ein Bier mit zu mir und meinem Vater. Dort sitzt der Typ, über den die halbe Stadt spricht, und sprüht Funken. Er ist eigentlich nur Ihretwegen gekommen und hat Ihnen etwas zu sagen.« Nein, so ginge es wohl nicht.

Sie schrieb ihren Artikel fertig und hielt den Ton dabei bewusst sachlich. Dann rief sie einen Studenten, der mal in der Redaktion gejobbt hatte, an und fragte ihn, ob er Zeit hätte, bei Bruno Fischer auszuhelfen bis Weihnachten. Er hatte Zeit und versprach, sich gleich in der Buchhandlung zu melden. Marie wählte Evas Nummer, erreichte jedoch nur den Anrufbeantworter, der sie darüber informierte, dass ihre Freundin für einige Tage verreist sei. Der Kurztrip mit ihrem Liebsten, erinnerte sich Marie wieder.

Radler war zufrieden mit ihren Beiträgen und entließ sie nach Hause. Während Marie ihre Tasche packte, schielte sie zu Lin und Georg hinüber, die im Begriff waren, aufzubrechen. »Sollen wir noch ins Café gehen?«, fragte sie munter.

»Nein, danke«, sagte Lin kurz angebunden. »Ich möchte nach Hause. Kommst du, Georg?«

Georg lächelte Marie entschuldigend zu. »Ein anderes Mal gern. Ich wünsche einen schönen Abend. Servus.« Er winkte Marie zu und verschwand mit Lin durch die Tür.

In dieser Nach hatte Marie einen Traum. Sie träumte von einer steilen Felsküste, an der sie mit Georg entlangging. Sie fühlte sich wohl in Georgs Gegenwart, vertraut und aufgehoben, so als würde sie ihn schon lange kennen. Georg hielt ihre Hand und lachte sie dauernd an. Und gerade, als Marie dachte: So fühlt es sich an, verliebt zu sein, sah sie Paule vor sich. Er fiel mit einem Schrei die Felswand hinunter, und Marie wachte auf.

Sie erwähnte ihren Traum mit keinem Wort, als sie am nächsten Morgen Jennifer zur Schule schickte und dann mit ihrem Vater und Paule frühstückte. Es war halb neun, sie beratschlagten gerade, wie es weitergehen sollte, als es energisch klopfte.

Vor der Tür standen Lin und Georg.

»Oh«, sagte Marie überrascht. »Was macht ihr denn hier?«

»Willst du uns nicht hereinbitten?« Lins Stimme klang nicht unfreundlich, eher süffisant.

»Ich wollte eigentlich gleich aufbrechen.« Marie spürte, wie sie rot wurde. »Wir haben schließlich Arbeit vor uns, oder?«

»Ich glaube, unsere Arbeit befindet sich hier, direkt in eurem Haus«, sagte Lin. Georg hatte bislang noch nichts gesagt. Er schaute Marie auch nicht an. Lin sagte: »Wir glauben, dass du uns etwas vormachst, Marie, und zwar mit Absicht. Ich möchte mich selbst davon überzeugen, dass hier alles mit rechten Dingen zugeht.«

Sie schob Marie zur Seite und trat durch die Diele in Willis Wohnküche. »Servus«, sagte sie und nickte Willi zu. Ihr Blick blieb an dem jungen Mann hängen, der neben Maries Vater am Küchentisch saß, einen Teller mit Butterbrezen vor sich. »Georg, ich denke, wir haben den Mann, den wir suchen«, sagte sie langsam.

»Servus«, sagte Paule. Er kannte diese Frau und auch den Mann, der mit ihr zur Tür hereinkam. Sie blickten ihn schweigend und erwartungsvoll an.

Alles wäre vielleicht gutgegangen, hätte nicht in dem Augenblick, als Paule Georg ansah, ein starkes Licht aus seiner Brustmitte aufgeflackert. Jetzt, dachte Marie, ist es wohl kaum mehr möglich, ihn als Verwandten vorzustellen, der gerade zufällig zu Besuch ist.

»Heiliger Strohsack«, sagte Georg leise. Einen Moment lang sprach niemand ein Wort.

»Ich würde mich gern setzen«, sagte Lin. »Du hast doch nichts dagegen.« Sie sah Marie herausfordernd an. Marie blickte abwechselnd von Georg zu Lin, dann zu ihrem Vater, dann zu Paule.

»Sie sind der Mann, der vom Himmel gefallen ist, stimmt's?« Lin griff nach einer Tasse und schaute Willi fragend an. »Ich darf doch, oder? Das hier wird eine Weile dauern.«

Willi knurrte irgendetwas, was niemand verstand. »Lin, bitte«, sagte Georg. »Sei nicht so aufdringlich.« Die ganze Sache war ihm offenbar peinlich.

Paule stand auf. »Was wünschen Sie?«, fragte er Lin. »Ich bin Gast in diesem Hause und möchte auf keinen Fall, dass meine Gastgeber Schwierigkeiten bekommen. Also sagen Sie, was Sie von mir wollen, und ich werde sehen, was ich tun kann.«

Lin lächelte spöttisch. »Ist doch ganz einfach, Mister Unbekannt. Georg und ich wollen ein Interview. Marie ist raus aus der Sache, sie wird nicht mehr dabei sein. Es ist jetzt unsere Story. Und Sie werden sie uns nicht vermasseln. Sonst wird es Ihnen leidtun.«

»Aha«, sagte Paule und setzte sich wieder.

Er wirkte nicht besonders aufgeregt, fand Marie. Bei ihr war das anders. Sie fühlte sich schuldig, als hätte sie einen Verrat an diesem jungen Mann begangen, den sie doch eigentlich beschützen wollte. »Was hast du vor, Lin? Was willst du tun, wenn er sich weigert?«

Lin sah Marie verächtlich an. »Dir sollte ich eigentlich nichts mehr erzählen. Aber bitte, wenn du es unbedingt wissen willst. Wenn er sich weigert, sind wir in kürzester Zeit mit einem riesigen Fernsehteam hier. Oder gleich mit mehreren. Er hat keine Chance, außer der, mit uns zu kooperieren.«

Marie sah Georg direkt an. Er hatte Mühe, ihrem Blick standzuhalten. »Sie machen da so einfach mit? Sind das Ihre üblichen Methoden? Leute einschüchtern? Ihnen drohen? Sie gegen ihren Willen interviewen? Oder hat Lin Ihnen das alles beigebracht?«

Georg schlug die Augen nieder und antwortete nicht.

»Einverstanden«, sagte Paule. »Ich gebe Ihnen ein Interview. Unter einer Bedingung: Ich möchte vorher mit Ihrem Kollegen allein sprechen. Unter vier Augen.«

»Hach.« Lin schnaubte verächtlich und trank rasch einen Schluck Kaffee. »Sie wollen ihn beeinflussen, was? Das wird Ihnen nicht gelingen.«

»Ich werde ihn nicht beeinflussen.« Paule schüttelte ruhig den Kopf. »Und wenn schon, Sie bekommen auf jeden Fall Ihr Interview.«

Er stand auf und sah Georg kurz an. »Wir gehen vor die Tür«, sagte er zu Marie. Er fügte hinzu: »Bitte machen Sie sich keine Sorgen.«

Sie traten hinaus, und obwohl es kalt war, fror Georg nicht. Er fühlte sich eigenartig, wie vor einem wichtigen Ereignis. Was würde ihm dieser fremde Mann sagen wollen?

»Ich bin nur Ihretwegen hergekommen und erzähle Ihnen jetzt eine Geschichte«, begann Paule. »Sie ist wahr. Was Sie mit der Wahrheit machen, ist Ihre Sache. Ich hoffe, Sie tun das Richtige.«

In einfachen, klaren Worten erklärte er, warum er auf die Erde gekommen war, und Georg hörte schweigend zu.

Marie heizte inzwischen den Kamin an. Sie hatte das dringende Bedürfnis, sich abzulenken. Willi saß schweigend am Tisch und starrte Lin böse an. »Komm, Papa, wir gehen nach oben zu mir«, sagte Marie. »Dann habt ihr hier eure Ruhe, Lin.«

»Warum plötzlich so kooperativ? Wieso hast du uns den jungen Mann verschwiegen? Radler wird sagen, dass du deinen Job echt mies gemacht hast. Du hast uns an der Nase herumgeführt. Das wird Folgen haben.«

»Ich hatte meine Gründe«, sagte Marie. »Es war weder gegen dich noch gegen Georg gerichtet. Und jetzt komm, Papa.«

Sie schloss die Küchentür und stieg mit ihrem Vater die Treppe hinauf.

Georg war blass, als er gemeinsam mit Paule wieder hereinkam. Er wirkte angespannt und sehr nervös. »Ich denke, du solltest das Interview allein führen, Lin«, sagte er leise. »Mir ist nicht mehr danach. Ich fahre in die Redaktion zurück.« Ohne sich um Lins Proteste zu kümmern, packte er seine Sachen zusammen und ging zur Tür.

»Georg!«, rief Lin ihm hinterher. »Das wirst du mir nachher erklären müssen.«

Sie sah Paule giftig an. »Sie haben irgendwas mit ihm angestellt, stimmt's? Habe ich mir doch gedacht. Mich können Sie nicht so leicht beeinflussen.«

»Das habe ich auch nicht vor.« Paule lächelte sie freundlich an. »Sie sind nicht die Hauptperson bei dieser Geschichte, wissen Sie.«

»Bei welcher Geschichte?« Lin stellte ihr Aufnahmegerät an und wedelte mit ihrem Stift. »Erzählen Sie Ihre Geschichte, wenn Sie wollen, danach allerdings werden Sie noch gezielt auf einige Fragen antworten.«

»Gern. Allerdings, diese spezielle Geschichte, die ich Georg erzählt habe, wird Ihnen nicht gefallen.«

»Keine Sorge, ich bin nicht so zart besaitet.«

»Die Sache ist die: Sie sind die falsche Frau für ihn. Der Himmelscomputer hat einen Fehler gemacht. Ich bin gekommen, um die Sache wieder in Ordnung zu bringen.«

Lin sah Paule mit ihren schönen Katzenaugen ungläubig an. »So, so. Bei der himmlischen Vorsehung ist etwas falsch gelaufen, und dabei ist Georgs Liebesschicksal durcheinandergeraten.« Sie lächelte. »Charmante Geschichte.«

»Nein«, sagte Paul. »Dumme und traurige Geschichte, wenn es mit der großen Liebe des Lebens nichts wird. Ich bin extra gekommen, um mit Georg zu sprechen. Ich fühlte mich verpflichtet, es ihm zu sagen.«

»Und mir«, giftete Lin ihn an.

»Und Ihnen. Aber bei Ihnen liegen die Dinge etwas anders.« Paule sah sie direkt an. »Sie lieben Georg nicht, Sie handeln aus Berechnung. Sie wollen einen wohlhabenden Mann, der Ihre Karriere befördert. Da kommt Ihnen Georg Weinstein, Sohn eines der mächtigsten Verleger Deutschlands, gerade recht. Aber ich sage Ihnen: Sie werden in dieser Ehe nicht glücklich werden. Georg ist nicht der richtige Mann für Sie.«

Lin schnaubte. »Wer glaubt denn heute noch diesen Mist! Liebe, Schicksalsmacht, für immer und ewig. Ein Leben, drei Ehen, so sieht doch heute die Wirklichkeit aus. Was ist schon dabei? Und wer sagt Ihnen überhaupt, dass ich Georg nicht von Herzen liebe?«

»Ich sehe es«, sagte Paule ernst. »Ich kann direkt in die Herzen der Menschen sehen, und was ich dort sehe, ist die Wahrheit. Bei Ihnen sehe ich viel Stolz und Härte. Normalerweise ist es so: Liebe wird erwidert, Stolz nicht. Georg ist leider verwirrt, aus Gründen, die ich Ihnen nur schwer erklären kann. Deshalb erkennt er es nicht. Leider.«

Lin zuckte die Achseln. »Sie könnten doch, ausgestattet mit der Himmelsmacht, etwas bewirken.«

Paule schüttelte den Kopf. »Ich kann nichts tun gegen den freien Willen des Menschen.«

»Da bin ich aber erleichtert«, sagte Lin sarkastisch. »Und nun lassen wir doch mal Georg und mich aus dem Spiel, selbst wenn unsere bevorstehende Heirat Grund Ihres Besuchs hier in Bayern ist. Wir fühlen uns geehrt, dass Sie sich auf derart engagierte Weise der Probleme der Erdenmenschen annehmen.

Wie wäre es denn, wenn Sie jetzt einige wesentliche Fragen beantworteten?«

»Ich tue, was ich kann. Ich bin allerdings weder ein besonders kluger noch ein besonders fortgeschrittener Engel. Eigentlich stehe ich erst am Anfang meiner Ausbildung.«

»Das glaube ich gern.« Lin gab sich keine Mühe, ihre Geringschätzung zu verbergen. »Ich habe übrigens nicht gesagt, dass ich Ihr Märchen glaube. Aber unsere Leser sind gutgläubig. Die glauben nun mal, dass in dieser Stadt ein Engel herumstolziert, also machen wir dieses Interview. Ich werde dafür viel Anerkennung bekommen, egal, welchen Unsinn Sie erzählen.«

Paule sagte nichts, trat ans Fenster und sah den tanzenden Schneeflocken zu. Ehrgeizig, dachte er. Sie ist ehrgeizig, und ihren Erfolg stellt sie über alles andere.

»Wieso laufen Sie in diesem Aufzug herum? Ich meine, entweder sollte ein Engel unsichtbar sein oder aber würdevoll auftreten. Sie sehen aus wie dieser Schauspieler, sein Name fällt mir gerade nicht ein. Der übrigens tot ist. Sie sehen aus wie eine billige Kopie von ihm. Finden Sie das nicht geschmacklos?«

»Unsichtbar, so war es vorgesehen. Aber leider entwickeln sich die Dinge manchmal anders, als wir wollen. Ich konnte mir die Gestalt, in der ich hier auftauche, nicht aussuchen. Inzwischen denke ich, dass es keine Rolle spielt, ob ich einem Schauspieler ähnlich sehe oder nicht. Die meisten Menschen würden einem Engel doch nicht zuhören, selbst wenn er mit riesigen Flügeln und einem Heiligenschein daherkäme.« Du selbst bist der beste Beweis, dachte er. Die Einzigen, die bisher an ihn glaubten, waren Kinder, ein alter Mann und ein Hund. Und Marie und Willi. Ohne Überzeugungsarbeit war es allerdings auch bei ihnen nicht gegangen.

»Ach, glauben Sie wirklich? Wieso denken Sie so schlecht von den Menschen hier?«

Paule drehte sich kurz um und lächelte Lin an. »Die Menschen hier in Bayern sind wunderbar, gar nicht zu reden von den Köstlichkeiten, die sie erfunden haben. Ich spreche jedoch von einigen Eigenschaften, die sich bei fast allen Menschen finden lassen, nahezu auf der ganzen Welt. Sie rennen und hasten dauernd irgendwelchen Dingen oder Träumen hinterher, ohne einen Moment innezuhalten. Ihr Leben ist wie eine Schallplatte, die sich dreht, mit den immergleichen Themen. Mehr Glück, mehr Erfolg, mehr Schönheit. Haben wollen. Gleichzeitig gibt es in jedem Menschen eine tiefe Sehnsucht nach Verbundenheit, die durch nichts gestillt werden kann – außer eben durch Verbundenheit.«

»Mit einem Engel?«

»Ja, aber vor allem mit anderen Menschen. Ihr denkt immer, die Erlösung liegt im Außen, dort sucht ihr und sammelt Dinge. Autos, Häuser, Ruhm, Ehre, Medaillen, Liebesabenteuer, Preise, Auszeichnungen, Segeljachten, aber so kommt man nicht zu echter Verbundenheit.«

»Sondern? Etwa durch Beten?«

»Jede Hinwendung nach innen ist gut. Es ist egal, ob man es beten oder sonst wie nennt. Es gibt in jedem Menschen einen heiligen Ort mit der Melodie des Himmels. Sie hat euch nie verlassen, ihr könntet diesen Ort mit dieser erlösenden Melodie jederzeit erreichen, wenn ihr nur bereit wärt, in die Stille zu gehen.«

Lin schwieg einen Moment.

»Es gibt Momente, da hört ihr das Lied, aber dann übertönen die Welt und auch euer Ego es wieder.«

»Was meinen Sie mit Ego?«

»Das, was du in der Welt darstellst. Die Persönlichkeit, das individuelle Selbst, das ist das Ego. Es geht bei den meisten Gebeten darum, die eigene Situation in der Welt zu verbessern. Das hat mit Erlösung nichts zu tun. Du musst anderen Geistes werden.«

»Und wie soll das gehen?«

»Die meisten Menschen sind ihren Mitmenschen nicht in Freundlichkeit verbunden. Wenn Sie ehrlich sind und sich aufmerksam beobachten, müssen Sie zugeben, dass Sie andere verurteilen, angreifen, ablehnen.«

»Na und? Auf die meisten Menschen kann man ja wirklich ganz gut verzichten«, sagte Lin. »Sich dauernd selbst beobachten, das hört sich nach einem unangenehmen Erkenntnisprozess an.«

»Es gibt keine Antwort im Außen, nur im Innern. Ihr müsst nach innen gehen und den Frieden Gottes suchen. Es ist ein Übungsweg, auf dem es Rückschläge geben wird, aber das macht nichts. Die Stimme der Liebe fordert keine Leistung. Nimmst du die Hand von Jesus, löst sich jede Bitterkeit auf.«

Lin sah ihn skeptisch an. »Also hatten die Beatles doch recht: All you need is love.«

Paule nickte. »Ja. Manchmal erkennt ihr Menschen das, einen winzigen Moment lang. Dann vergesst ihr es wieder und seid mit dem Getöse der Welt beschäftigt. Deshalb ist es so wichtig, nach innen zu gehen und ruhig zu werden. Die Stille in eurem Innern hat die Antwort, die Stille ist die Antwort, ein stiller Geist offenbart dir alles, was du brauchst.«

Lin nickte. »Sehr schön passend, vor allem jetzt, kurz vor Weihnachten. Diese Wahrheiten sind ja vor allem für unsere Leser bestimmt, nicht wahr? Haben Sie vielleicht noch eine persönliche Himmelsbotschaft für mich?«

Paule sah sie freundlich an. »Ich habe die ganze Zeit auch von Ihnen gesprochen, Lin. Ihr Charakter ist ziemlich eigenwillig, Sie haben wenig Skrupel, wenig Gewissensbisse bei fast allem, was Sie tun. Sie sind verwöhnt von der Wirkung, die Ihre Schönheit auf Männer hat, und sind, seit Sie Georg kennengelernt haben, von nur einem Gedanken besessen: Wie kriege ich ihn so schnell wie möglich vor den Traualtar? Ich weiß, dass Sie ihn nicht lieben, und Sie wissen es auch. Nur Georg weiß es nicht. Noch nicht. Meine Botschaft an Sie wäre: Lassen Sie ihn gehen. Das wäre ein Akt der Liebe. Ihn zu heiraten wäre so ziemlich das Gegenteil.«

Lin packte ihre Sachen in ihre braune Umhängetasche und stand auf. »Ich überlege es mir«, sagte sie unverbindlich. »Wie lange bleiben Sie noch in der Stadt?«

Nicht mehr lange, dachte Paule. Laut sagte er: »Ich weiß nicht. Können Sie mit dem Interview etwas anfangen?«

»Ja, sicher. Es war sehr interessant. Morgen oder übermorgen können Sie es in der Zeitung lesen.«

Paule öffnete die Tür und ließ Lin hinaus. »Leben Sie wohl, Lin.«

Er schloss die Küchentür wieder und lehnte sich dagegen. Interviews geben war nicht gerade das, was ein namenloser Engel während seines ersten Erdeneinsatzes tun sollte. Es würde nicht mehr lange dauern, und sie würden ihn zurückbeordern.

Paule überlegte. Er wusste nicht, ob er seine Mission erfüllt hatte oder nicht. Er sah in das verglimmende Kaminfeuer und fragte sich, ob seine Kraft genügt hatte, um Georg in seinem Herzen seine wahre Liebe erkennen zu lassen.

Später saß er mit Marie und Willi zusammen, es gab kein Weißbier, weil alle einen klaren Kopf behalten wollten. Marie versicherte immer wieder, wie leid ihr alles tue. »Lin kann ziemlich energisch sein beim Verfolgen ihrer Karriere. Aber dieses Interview, ich weiß nicht.« Marie schüttelte den Kopf. »Ich hätte nicht gedacht, dass sie so weit gehen würde.«

»Wird des dein Chef in die Zeitung bringen?«, fragte Willi.

»Ja, ich glaube schon.«

»Ohne Foto?«

»Oh.« Marie lachte bitter. »Lin hat bestimmt heimlich ein Bild von Paule geschossen, da bin ich mir ganz sicher.«

»Ja mei, Paule, wos willst du jetzt mache?«, fragte Willi. »Des wird nimmer lang dauern, bis sie di suche. Und zwar hier bei uns. Willst du weg von do und di woanders versteckn?«

»Nein.« Er sah Willi und Marie ernst an und schüttelte langsam und nachdrücklich den Kopf. »Ich muss zurück. Sie werden mich holen kommen.«

»Wie?«

»Keine Ahnung, ich war ja noch nie auf der Erde. Aber ich denke, ihr müsst mir noch einmal helfen. Ich werde jetzt packen und versuchen, Kontakt aufzunehmen. Wenn ich Genaueres weiß, sage ich euch Bescheid.«

Er ging ins Gästezimmer und setzte sich einen Moment lang ruhig aufs Bett. Ich habe meine Mission erfüllt, dachte er. Oder nicht? Was könnte ich noch tun? Er wusste, dass man manchmal genau das Falsche erreichte, wenn man zu viel wollte. Schließlich riss er sich zusammen und konzentrierte sich auf Octavio. Ich muss weg, und zwar schnell, wie mache ich es am besten? Er stellte die Frage mehrere Male und hoffte auf eine Eingebung.

Die erhielt er nach einigen Minuten. Sie würden noch in dieser Nacht kommen, um ihn zu holen. Er fühlte eine Mischung aus Wehmut und Erleichterung und ging in die Küche, um es seinen Gastgebern zu sagen.

# KAPITEL 15

Seit dem Interview waren einige Stunden vergangen. Es hatte wieder begonnen zu schneien, und Georg hatte einen langen Spaziergang gemacht. Lin hatte den Text unterdessen fertiggestellt. Sie war stolz auf sich. Natürlich hatte sie vor, Radler nicht nur das Interview, sondern auch einige Schnappschüsse zu liefern. Sie hatte Georg angerufen, und jetzt saßen sie im Auto auf dem Parkplatz des Verlagsgebäudes.

Lin hatte die Fotos auf ihren Knien und begutachtete sie. Georg würdigte die Bilder keines Blickes, er starrte aus dem Fenster.

»Mir gefällt das nicht, Lin«, sagte er schließlich und sah sie fest an.

»Das hast du jetzt schon dreimal gesagt.«

»Lin, ich möchte, dass wir über die ganze Sache sprechen, bevor du zu Radler gehst.«

»Radler wird begeistert sein. Und vergiss nicht, dein Vater auch.«

»Aber ich bin es nicht. Er war nicht einverstanden. Schon mit dem Interview nicht. Du hast ihn erpresst. Und die Fotos hast du heimlich gemacht. Das müsstest du Radler ehrlicherweise sagen. Du weißt, was passiert, wenn dieser Artikel zusammen mit den Bildern erscheint.«

»Nein, was soll denn passieren?«

»Er wird keine ruhige Minute mehr haben. Sie werden Jagd auf ihn machen.«

»Na und? Ist das unser Problem? Er faselt einen Haufen unverständliches Zeug, er hält sich für eine Art göttlichen Technologie-Fuzzi, der einen himmlischen Computerfehler entdeckt hat. Zufällig sollen wir von der Sache betroffen sein. Ausgerechnet wir beide! Ich bitte dich, Georg, als Weihnachtsstory ist das ja ganz nett, aber es kann doch wohl nicht dein Ernst sein, dass du ihm glaubst, oder?«

Georg schüttelte den Kopf. »Was er erzählt, ist eine Sache. Aber darum geht es mir im Moment nicht. Jedenfalls nicht in erster Linie. Es geht um so was wie Anstand, Lin.«

»Er hat dich eingewickelt, ja?« Lin neigte ihren Kopf und sah Georg prüfend an. »Hätte nicht gedacht, dass du so leicht aus der Fassung zu bringen bist. Und so viele Skrupel hast. Das ist nicht gut für einen Journalisten.«

»Ich spreche hier nicht nur als Journalist. Lin, es geht mir auch um uns. Ich überlege seit Stunden, wie ich es dir sagen soll ...«

Lin, die sich gerade wieder über ihre Bilder gebeugt hatte, richtete sich langsam auf. »Wenn du mir was zu sagen hast, Georg, dann sag es. Nur zu, ich bin keine Zuckerpuppe. Ich kann die Wahrheit vertragen.«

»Ich denke, wir sollten uns trennen«, sagte Georg. »Ich glaube, wir machen einander nicht glücklich. Ich bin überzeugt davon, dass du ganz andere Dinge vom Leben möchtest als ich. Und dass unser Beschluss, zu heiraten, voreilig und unüberlegt getroffen wurde.«

»Von mir nicht«, sagte Lin scharf. Sie wandte sich ab und begann, die Manuskriptblätter und die Bilder in ihre Aktenmappe zu packen. »Aber bitte, wenn du es so willst. Ich werde nicht bei einem Mann bleiben, der glaubt, dass ich ihn nicht glücklich mache. Aber den Ring würde ich gern behalten, zur Erinnerung. Wenn du nichts dagegen hast.«

»Habe ich nicht.«

»Hast du es deinem Vater schon gesagt?«

»Nein.« Georg sah sie erstaunt an. »Lin, wie kommst du denn auf diese Idee? Ich wollte zuallererst mit dir sprechen. Das war mir das Wichtigste.«

»Das hast du ja nun getan. Ich akzeptiere deinen Entschluss, und vielleicht hast du sogar recht. Ich verstehe dich in vielem nicht mehr, seit du hier bist, und du scheinst mich und meine Entscheidungen auch nicht zu begreifen.«

»Nein«, sagte Georg. »Tu ich nicht. Ich wäre dir dankbar, wenn du das mit den Bildern lassen würdest. Moralisch und menschlich ist es falsch, und das weißt du auch.«

»Paah«, sagte Lin. »Ich nehme das auf meine Kappe, moralisch und menschlich. Ich vermute, du fährst demnächst zurück nach München. Schöne Grüße an deine Familie. Leb wohl.«

Sie stieg aus und ging entschlossenen Schrittes auf das Verlagsgebäude zu. Sie sah sich nicht mehr um.

Marie und ihr Vater beschlossen, am frühen Abend aufzubrechen und Paule möglichst ohne Aufsehen dorthin zu bringen, wo er abgeholt werden sollte. Jennifer sollte zu Hause bleiben und eventuelle lästige Besucher aufhalten. Denn Marie war sicher, dass es nur noch eine Frage von Stunden war, bis sich eine gierige Meute auf Paule stürzen würde. Engelforscher, Wissenschaftler, Journalisten.

Sie hatte mit Georg gesprochen. Erst hatte sie vergeblich versucht, Radler zu erreichen. Auch unter Georgs Handynummer meldete sich nur die Mailbox. Sie bat um Rückruf, und tatsächlich rief Georg sie eine Stunde später an.

»Wie sieht es aus?«, fragte Marie.

»Na ja, Lin hat ihre Version der Geschichte erzählt, und Radler ist nicht gut auf dich zu sprechen. Lin hat es so dargestellt, als hättest du die Sache verschleppt, ihn in deinem Haus versteckt und alle hinters Licht geführt.«

Marie seufzte. »Du weißt, dass das nicht stimmt, Georg, nicht wahr?«

Er schwieg einen Moment. »Marie, ich habe Radler gesagt, dass es anders gelaufen ist, und ich denke, das wird er berücksichtigen.«

»Danke, Georg. Das Letzte, was ich jetzt brauchen könnte, wäre, meinen Job zu verlieren.«

»Ich glaube nicht, dass es dazu kommt. Schließlich war ich auch an der Sache dran, das kann Radler nicht ignorieren. Und ich verstehe, dass du deine Gründe hattest.«

»Danke. Wie wird es weitergehen?«

»Sie bringen es morgen ganz groß. Mit Bildern, die Lin heimlich gemacht hat. Ich konnte wegen der Bilder nichts tun. Radler weiß, dass sie ohne sein Wissen aufgenommen wurden, aber es kümmert ihn nicht. Wir beide sind raus aus der Nummer. Die Geschichte gehört jetzt allein Lin. Der Verleger ist begeistert, und Radler glaubt zwar nicht an Engel, findet das Interview aber einen echten Weihnachtsknüller. Er meint, die Leute würden so was gern lesen.«

Marie nickte. »Ja, wahrscheinlich hat er recht, wobei ich keine Ahnung habe, was in dem Interview steht. Hast du es schon gelesen?«

Georg nickte. »Ja. Es ist eindrucksvoll. Es geht viel um Liebe.«

Einen Moment lang sagten beide nichts.

»Marie, du und dieser Paule, ihr solltet wissen, dass eine Onlineversion des Interviews schon heute am späten Nachmittag nach München rausgeht. Ich denke, sie werden es noch heute Abend auf die Seite stellen. Das kann eine Menge Besuch bedeuten für euch.«

»Danke, Georg, gut zu wissen.« Marie lächelte in ihr Handy. »Ich denke, wir sehen uns in den nächsten Tagen noch, oder?«

Georg seufzte. »Ich bin durcheinander, Marie, und weiß nicht, wie lange ich noch hier sein werde. Diese ganze Geschichte stellt mein Leben im Moment ziemlich auf den Kopf. Aber, ja, ich denke, wir sehen uns noch.«

Sie verabschiedeten sich.

Marie starrte vor sich hin. Sie bedauerte sehr, dass Eva ihr nicht zur Seite stand.

»Wie geht es Georg?«, fragte Paule.

»Er sagt, er sei ziemlich durcheinander.«

»Das ist ein gutes Zeichen. Dann glaubt er mir hoffentlich.«

Marie verschränkte die Arme vor der Brust. »Weißt du, Trennungen tun manchmal sehr weh. Vielleicht hat er einfach Angst, Lin den Laufpass zu geben, ohne zu wissen, wie es dann weitergeht.«

Paule nickte. »Ja, das kann ich verstehen. Doch Trennungen gehören auch zum Leben. Ich denke, es gibt so viele Menschen, die sich inständig wegwünschen von dem Ort, an dem sie leben, und doch aus Angst vor Veränderungen ihren Lebensverhältnissen nicht entkommen.«

Marie lächelte. »Das ist schön gesagt. Aber sind wir nicht immer hin- und hergerissen zwischen dem Wunsch nach Aufbruch und dem Wunsch nach Geborgenheit und Heimat?«

»Ja, aber beide Dinge können ganz gut zusammengehen. Ohne Liebe verheiratet zu sein ist allerdings nichts, was sich irgendwie ausgleichen lässt. Das schafft eine große schmerzende Leere im Leben, die sich mit nichts füllen lässt.«

»Das haben Sie Georg gesagt?«

»So in der Art, ja.«

Sie schwiegen. »Er hat mir übrigens erzählt, dass sie eine Kurzform des Interviews heute am frühen Abend ins Netz stellen werden. Wir sollten also sehen, dass wir bald wegkommen.« Paule nickte. »Ich bin bereit.« Er wirkte irgendwie entrückt, als habe er den Blick nach innen gerichtet.

Lin, die vorgeführt hatte, wie man einen ganz heißen Brei erfolgreich serviert, war entschlossen, ihre Erfolgssträhne nicht abreißen zu lassen. Sie rief den Verleger an, den Mann, der nun wohl nicht ihr Schwiegervater werden würde. Was er nach wie vor nicht wusste, wie sie vermutete.

»Hallo«, sagte sie. »Hier ist Lin. Ich hätte da etwas auf dem Herzen. Es hat eigentlich nicht direkt mit dem Artikel zu tun.«

»Grüß Gott, Lin.« Der Verleger klang geschäftsmäßig, wie immer. Besonders herzlich verhielt er sich ihr gegenüber nie. »Das Interview gefällt mir ausgesprochen gut. Das habe ich Radler schon gesagt. Der hat das Lob hoffentlich weitergegeben.«

»Ja, hat er. Vielen Dank.«

Lin holte tief Luft. Sie war sich bewusst, dass sie ein Risiko einging. Der Verleger wusste gute Arbeit zu schätzen, noch mehr jedoch schätzte er seine Familie. Georg war sein jüngster Sohn, und Lin hatte schnell begriffen, dass sie in den Augen des Verlegers nicht die ideale Schwiegertochter abgab. Er blieb ihr gegenüber immer kühl und distanziert. »Ich weiß, dass du mich nicht besonders magst. Jedenfalls nicht als zukünftige Frau deines Sohnes«, sagte sie.

»Aber, Lin«, antwortete er milde. »Ich bin ein alter Mann, und Georg wird schon wissen, was er tut.«

»Genau wie ich.« Lin holte noch einmal Luft. »Du sollst wissen, dass Georg und ich uns trennen werden. Ich glaube, es war alles ziemlich übereilt, wir haben doch sehr unterschiedliche Lebensvorstellungen. Das wollte ich dir nur sagen.«

»Hm, das kommt jetzt allerdings ziemlich überraschend für mich.« Der Verleger wirkte irritiert. »Wo ist Georg eigentlich? Sein Handy ist aus, und er hat sich den ganzen Tag nicht bei mir gemeldet.«

»Na ja, das wird er sicher noch tun. Jedenfalls, ich wollte nur sagen, dass wir unter dieser Trennung leiden, auch wenn wir sie für richtig halten. Sicher täte uns eine größere Distanz gut, wenigstens für eine Weile. Und deshalb wollte ich, in aller Bescheidenheit, darum bitten, ob du mich vielleicht für den Korrespondentenjob in New York in Erwägung ziehen könntest.«

Der Verleger sagte einen Moment lang nichts. »Du weißt, dass sich darauf etliche Kollegen beworben haben, Lin. Kollegen mit mehr Erfahrung und, na ja, älteren Rechten.«

»Ich weiß. Aber ich bin sicher, dass Georg und ich am besten über die Trennung hinwegkommen würden, wenn ich weiter entfernt wäre. Sonst besteht womöglich die Gefahr einer Wiederannäherung.«

»Verstehe.« Der Verleger verstand tatsächlich. Diese Lin war bildschön und raffiniert. Er hätte nichts dagegen, sie möglichst weit weg zu schicken. Allerdings ließ er sich nur ungern erpressen. »Lin, ich werde darüber nachdenken, aber versprechen kann ich dir nichts. Übrigens, wer wollte die Trennung denn eigentlich?«

»Ich, offen gestanden. Die gemeinsame Zeit hier, die intensive Arbeit zusammen, mir ist klargeworden, dass Georg eine andere Frau an seiner Seite braucht. Eine, die nicht unbedingt auf Karriere aus ist, die Kinder will und eine Familie.«

Der Verleger schwieg. Er war ein Familienmensch, durch und durch. Er hatte nichts dagegen, dass Frauen heirateten und weiterarbeiteten, auch wenn sie Kinder bekamen. Das traditionelle Modell war ihm allerdings lieber, vor allem, wenn es um seine eigene Familie ging.

»Wie hat Georg es aufgenommen?«

»Ach, er nimmt es schon sehr schwer, fürchte ich. Deshalb kam mir ja die Idee mit New York. Georg würde rascher begreifen, dass ich nicht mehr, na ja, da bin. Aus den Augen, aus dem Sinn. Ich denke, das würde ihm guttun.«

»Ich sollte erst mal in Ruhe mit ihm selbst sprechen über die ganze Angelegenheit.«

»Tu das, doch du solltest dabei behutsam vorgehen. Er fühlt sich sehr verletzt, weißt du. Was man ja verstehen kann. Die Braut verlässt den Verlobten kurz vor der Hochzeit. So wird es sicher in der Zeitung stehen.«

»In meiner nicht.« Der Verleger verabschiedete sich kühl und legte auf. Er paffte ein Zigarillo, während er aus dem Fenster starrte und zum dritten Mal auf die Mailbox seines Sohnes sprach.

Lin machte noch verschiedene andere Anrufe im Laufe des Nachmittags und begab sich dann in die verlagseigene Cafeteria. Sie bestellte einen doppelten Espresso und ein Croissant und überlegte konzentriert, ob sie jetzt alle Fäden gezogen hatte. Ja, das sollte genügen. Sie war zufrieden mit sich und dachte darüber nach, was für ein Trottel Georg doch war. Ein sentimentaler Trottel, der es wahrscheinlich nie lernen würde. Man musste sich im Leben nehmen, was man wollte. Gefühle machten einen nur anfällig für Selbstvorwürfe aller Art.

Es dämmerte schon, und in weniger als einer halben Stunde würde es dunkel sein. Sie verließen die Stadt auf Nebenstraßen, die alle weder geräumt noch gestreut waren. Der Schnee knirschte unter den Reifen, sie kamen nur langsam voran in Maries kleinem Wagen. Paule saß auf der Rückbank und sah sich immer wieder um. Marie steuerte und war froh, dass sie die Winterreifen schon Anfang November hatte aufziehen lassen. »Folgt uns jemand?«

»I glaub ned.« Willi schüttelte den Kopf. Paule sagte nichts. Er wusste, dass ihnen jemand folgte. Er wusste auch, dass er nichts daran ändern konnte.

Sie waren fast eine Stunde gefahren, hatten über schneeverwehte Wege ein großes Waldgebiet erreicht. »Wir sind gleich da«, sagte Marie. »Allerdings früher als verabredet.«

»Das macht nichts«, sagte Paule. »Ich hätte mich auf keinen Fall verspäten dürfen, wo sie mich extra abholen kommen.«

Willi und Marie fühlten sich seltsam. Sie waren verlegen, und der nahende Abschied stimmte sie traurig. Aber Willi dachte auch daran, dass er seit langer Zeit nicht mehr so viel mit seiner Tochter gesprochen und unternommen hatte. Und dass das Paules Verdienst war.

Sie stiegen aus und rieben ihre Hände aneinander, weil es so kalt war. Willi sagte: »Also Paule, wär des gut, wenn wir jetzt ›Servus‹ sogn und dann verschwindn?«

»Ja, es ist vielleicht besser. Engel sind scheue Wesen.«

»Ja, habe ich bemerkt.« Marie lächelte und breitete die Arme aus. »Ich weiß nicht, was ich sagen soll. Es tut mir leid, wenn ich was vermasselt habe.«

Paule umarmte sie fest. »Hast du nicht«, sagte er leise. »Ich möchte nur, dass du eins weißt, Marie. Manchmal kann die Liebe bei einem Mann Panik auslösen und ihn erst einmal in die Flucht treiben. Er kann dann in seinem Innern nicht mehr genau unterscheiden, was er eigentlich will und was nicht.«

»Aha.« Marie nickte. »Ich weiß zwar nicht, wovon du sprichst, aber ich werde es mir merken.«

»Gut. Wenn der Augenblick da ist, wirst du wissen, von wem ich spreche. Weißt du, ich kann den Leuten die Liebe nicht schenken. Sie ist in ihren Herzen, sie müssen sie nur suchen.«

Er sah Marie an, und sie nickte leicht.

Schweigend gingen sie ein paar Schritte, Willi und Alex trotteten hinterher. Sie erreichten ein Waldstück, hinter dem eine schneebedeckte Lichtung lag.

Willi räusperte sich. »Do kimmt was, gloab i.« Was genau es war, vermochte er allerdings kaum auszumachen. Es sah aus wie eine silberne Kapsel. Ein schwacher Lichtschein näherte sich, ein leises Surren war zu hören. »Sie wollen kein Aufsehen erregen. Kann ich ihnen nicht verdenken.«

»Ich glaube, wenn jetzt ein Kamerateam plötzlich auftauchen würde, käme meine Rückkehr nicht zustande«, sagte Paule leise.

»Wärst du darüber sehr unglücklich?«, fragte Marie.

»Ja.« Er sah sie überrascht an. »Es ist schön bei euch, aber ich gehöre woandershin. Vielleicht werde ich eines Tages wiederkommen.« Er lächelte. »Wer weiß, vielleicht schon bald.«

Er spähte in die Dunkelheit. »Von hier aus werde ich allein weitergehen«, sagte er.

»Wir könnten dich begleiten und dir mit der Taschenlampe leuchten.«

Paule schüttelte den Kopf. »Nein, ich werde euch hier Lebewohl sagen.« Er umarmte Willi und flüsterte auch ihm etwas ins Ohr.

Willi nickte kurz und klopfte Paule auf die Schulter. »Mach's gut, mei Lieber. Du wirst mir fehln.«

»Ich werde da sein, keine Sorge.«

Alex sprang auf Paules Arm und erhielt ebenfalls ein geheimnisvolles Abschiedswort, das er mit einem kurzen Bellen quittierte. Dann drückte Paule Marie noch mal an sich und sagte: »Herzliche Grüße an Jennifer. Und an Eva, deine Freundin, und an Bruno Fischer und seine Tochter. Danke für alles, und vergesst mich nicht!« Er stapfte durch den tiefen Schnee davon.

Marie und Willi leuchteten ihm mit ihren Taschenlampen hinterher. »Hoffentlich dauert es nicht zu lang«, sagte Marie.

»Ja«, sagte Willi. »Hoffentlich schafft er's, bevor die Aasgeier kimmet.«

Doch die Aasgeier waren bereits da. Lin und einige Kameraleute waren ihnen in großer Entfernung gefolgt, hatten ein Stück entfernt geparkt und waren nun ebenfalls ausgestiegen. »Draufhalten!«, rief Lin. »Los, beeilt euch!«

Ein Scheinwerfer fiel auf die schneebedeckte Lichtung, die Paule überquerte. »Jetzt reicht es«, schnaubte Willi und öffnete den Kofferraum. Er griff nach einer kleinen, mit Schnur umwickelten Kugel und schleuderte sie in die Richtung des Aufnahmeteams. Zwei Sekunden später erhob sich mächtiger Nebel, so dass an Filmaufnahmen nicht mehr zu denken war.

»Was war das, Papa?«

»Des is a Nebelgranatn. Mei neueste Erfindung«, sagte Willi stolz. »Wenn jetzt no die Jennifer all die andere Leut' in die Irre führt, dann schafft er es.«

Jennifer hatte nicht einmal Mona eingeweiht. Die Situation war zu ernst, das hatte sie verstanden. Sie wollte Paule helfen, genau wie Marie und Willi. Er hatte es verdient. Sie würde sich für den Rest des Lebens an ihn erinnern. Wie wunderbar er auf dem Fest von Opa zu ihr gewesen war. Gut, ihre Mutter und ihr Opa hatten es nicht richtig mitbekommen, weil das Fest schon in vollem Gange war, aber er hatte sich super verhalten. Erst hatte er Mona zum Tanzen aufgefordert, dann war er einfach rübergeschlendert zu ihr, hatte den Arm gehoben und gefragt: »Darf ich bitten?« Der Huber Joachim hatte es genau gesehen und war nicht begeistert gewesen. Sie und Paule hatten dreimal getanzt und dabei gelacht. Dann kam der Huberjunge. »Kannst du vielleicht mal mit jemand anderem tanzen?«, hatte er sie gefragt.

»Mit wem zum Beispiel?«

»Mit mir zum Beispiel«, hatte er gesagt und sie auf die Tanzfläche gezogen. »Wer ist der Kerl?«, wollte er wissen.

»Ein Verwandter meiner Mutter«, hatte sie gesagt. »Er fährt bald wieder.«

»Na, das höre ich gern.«

Und ehe sie es sich versah, war Paule verschwunden, und sie und der Huber Joachim und Mona und sein Freund hatten einen tollen Abend. Jetzt war der Joachim ihr Freund, also ihr richtiger Freund, und Paule hatte bei ihr für alle Zeit einen Stein im Brett. Deshalb war Jennifer zu allem bereit, als Marie sie fragte, ob sie ihr helfen würde.

Das Telefon hatte mehrfach geläutet. Und jetzt klingelte es Sturm an der Haustür.

Nicht vorbereitet war Jennifer darauf, dass sie von Scheinwerferlicht geblendet werden würde, als sie die Tür aufmachte.

Die Reporter waren mit einem riesigen Aufgebot an Kameras und Mikrophonen gekommen, zwischen ihnen drängten sich hysterische Engelforscher, entnervte Polizisten, Stadtpolitiker, neugierige Bürger. Jennifer kam es so vor, als sei die halbe Stadt auf den Beinen und stünde vor ihrer Haustür.

Sie würde sie in eine falsche Richtung lenken können. Sie würden ihr glauben. Und dann könnte sie in Ruhe Marie anrufen und Entwarnung geben.

»Also, junge Dame, wo ist er?«

»Was ist für mich drin?«, fragte Jennifer. Sie gab sich cool. Und fuhr mit der ganzen Bande über eine Stunde lang zuverlässig in die entgegengesetzte Richtung.

# Kapitel 18

Das Licht über der Stadt war hell in jener Nacht. Georg stand am Fenster der kleinen Pension, in der er sich einquartiert hatte, nachdem er seine Sachen aus Lins Wohnung geholt hatte. Er fühlte eine tiefe Wehmut in sich und gleichzeitig ein Gefühl von Ruhe und Frieden. So stand er eine ganze Weile und sah in den Himmel. Und mit einem Schlag waren seine Gefühle von Unsicherheit und Unruhe, von Trauer und Schuld verschwunden. Er fühlte sich gänzlich befreit, von Lin, von seiner Rücksichtnahme auf den Verlag, seinen Vater, ja, seine gesamte Familie. Es gibt, dachte er, auch eine Schuldigkeit sich selbst gegenüber, die Schuldigkeit, sich am Leben zu freuen. Er spürte, dass er ein Recht auf echte Liebe hatte. Und dass diese Liebe etwas Besonderes sein würde.

Plötzlich sah er Marie vor sich. Marie, wie sie lachte, über sich, über ihn, über Radler, Marie, wie sie die Augenbrauen hochzog und skeptisch schaute, Marie, wie sie liebevoll über ihre Tochter und ihren Vater sprach, Marie, wie sie entschieden versuchte, ihren seltsamen Gast zu schützen.

Natürlich! Marie. Wieso nur hatte er es nicht früher erkannt?

Georg sah ein helles silberfarbenes Licht und wusste instinktiv, dass er es war, auf seiner Heimreise. Unvermittelt winkte er in den Nachthimmel hinauf. »Danke für alles«, sagte er laut. Es kam ihm weder lächerlich noch sinnlos vor. Danach versuchte er, Marie anzurufen.

Am nächsten Tag begann es zu tauen. Doch nicht deshalb schien die Stadt ganz aus dem Häuschen. Es war kurz vor Weihnachten, und überall herrschte Ausnahmezustand. Alle Fernseh- und Radiosender interviewten Engelforscher im Minutentakt. Marie hatte ein längeres Gespräch mit Radler, der überraschend freundlich zu ihr war. »Ich weiß inzwischen, es war nicht deine Schuld, nimm einige Tage Urlaub, und wir sehen uns dann im neuen Jahr.«

Marie war froh über eine Pause. Sie fühlte sich erschöpft, wie nach einer langen Reise in ein fernes Land mit einer fremden Sprache und fremden Menschen. Sie ging hinunter in die Wohnküche ihres Vaters und begann, Plätzchen zu backen. Das hatte sie seit Jahren nicht mehr getan. Ihr Vater war in die Stadt gefahren, und das war Marie ganz recht. Sie schaltete das Radio ein und lächelte. Auf ihrem Lieblingssender, wurden gerade Engelforscher interviewt.

»Zünden Sie jeden Morgen eine Kerze an, vorzugsweise eine blaue. Für Ihren Schutzengel. Sie können ihn dann besser spüren«, verkündete eine zarte Frauenstimme.

»Er sitzt hinter der rechten Schulter«, behauptete ein anderer. Sieh an, dachte Marie, du kommst mir doch bekannt vor. Eine Frau behauptete wiederum, der persönliche Schutzengel umfliege das menschliche Wesen in der Hüftregion.

Wie er angezogen sei, wollte ein Anrufer wissen. Das sei eine triviale Frage, antwortete die eine Frau. »Er trägt praktische Kleidung, der Erde angemessen.«

»Also Röhrenjeans und T-Shirt? Oder einen Kaschmirpullover und Perlenkette?«

»Wir sollten uns nicht mit Äußerlichkeiten aufhalten«, sagte ein älterer Herr, der sich als Hobbyengelforscher aus Hannover vorstellte. »Aber gut, wenn Sie das so interessiert. Er kann durchaus aussehen wie Sie und ich, natürlich ohne graue Haare, Geheimratsecken und Bauchansatz. Überhaupt sind Engel niemals dick.«

»Sollte man sie füttern?«

»Füttern? Wenn Sie sich dem Thema nicht mit dem gebührenden Ernst widmen, muss ich das Gespräch leider abbrechen.«

»Verzeihung. Trotzdem kommt es mir vor, als sei der Engel wie ein unsichtbares, anhängliches Haustier, nur eben preisgünstiger …«

Marie lachte. Der Anrufer hatte Humor. Natürlich wurde er aus der Leitung geworfen. Sicher gab Lin auch Interviews und würde bald als Engelexpertin im Land herumfahren und Vorträge halten. Sie empfand keine Eifersucht. Sollte Lin ihr Leben gestalten, wie sie das für richtig hielt. Energisch begann sie, den Teig zu kneten.

»Wie heißen unsere Schutzengel?«, fragte eine Anruferin mit piepsiger Stimme.

»Sie heißen Raziel, Ezechiel oder Uriel.«

»Oder Paule«, sagte Marie leise.

Es klopfte. Nicht schon wieder, dachte Marie. Sie spähte aus dem Fenster und sah einen Übertragungswagen von einer Fernsehanstalt. Würden sie denn nie genug bekommen?

»Frau Obermayr, machen Sie auf. Nur ein paar Fragen, von Kollege zu Kollege«, rief ein Mann. Marie reagierte nicht und ignorierte hartnäckig das anhaltende Klingeln. Es ist vorbei, dachte Marie. Jedes weitere Wort wäre zu viel. Sie würde nach vorn blicken, voller Zuversicht.

Bis Marie so weit war, die Plätzchen in den Ofen zu schieben, klingelte es achtmal. Entweder war es die Türglocke oder das Telefon oder ihr Handy.

Sie reagierte auf kein Läuten.

Georg hatte zigmal bei Marie angerufen, ohne Erfolg. Er nahm an, dass sie ihre Ruhe haben wollte, war aber trotzdem entschlossen, nicht nach München zurückzufahren, ohne sie noch einmal gesehen zu haben.

Er wollte ihr seine Liebe gestehen, selbst wenn er sich dabei lächerlich machte. Er war sicher, dass Marie zu Hause war, nachdem er in der Redaktion von ihrem Urlaub erfahren hatte. Er stapfte langsam durch den schmutzig grauen Schnee und fragte sich immer wieder, was genau er Marie sagen sollte.

Als er vor ihrer Tür ankam, wusste er es immer noch nicht. Er klingelte und war kaum überrascht, als niemand öffnete. »Marie? Bist du da? Ich bin's, Georg.«

Nichts. Aus dem Haus drangen keine Geräusche. Also war sie doch nicht zu Hause. Er klingelte wieder und rief mehrmals ihren Namen. Er wollte durchs Fenster in die Küche schauen, doch die Vorhänge waren zugezogen. »Marie!«

Er holte tief Luft. Vielleicht war sie wirklich nicht da. Aber wenn doch? Er musste es riskieren. »Marie, ich wollte nicht fahren, ohne dich noch mal zu sehen. Zu sprechen. Ich möchte dir etwas sagen. Ich habe mich von Lin getrennt. Sie und ich, das passt einfach nicht.« Er lachte. Nichts. Er holte noch einmal tief Luft. »Aber Marie, du und ich, das passt.«

Im Nachbarhaus ging ein Fenster auf.

»Du bist die Frau, mit der ich mein ganzes Leben lang zusammen sein will. Marie, wenn du da bist, mach doch bitte auf! Ich weiß nicht, was ich noch sagen soll.« Er trat einen Schritt zurück und rief: »Also gut, du hast es so gewollt!«

Er begann zu singen.

Don't know much about history.
But I do know that I love you.

Sein Gesang klang etwas schief, und doch war es das schönste Lied, das Marie je gehört hatte.

Sie öffnete die Tür und sagte: »Sie sind sicher der zehnte Kollege, der heute Einlass begehrt. Da will ich Sie doch mal reinlassen, wo es jetzt auf Weihnachten zugeht und Sie so schön singen.« Sie lächelte ihn an.

»Servus, Marie.«

»Servus, Georg.«

Er trat zwei Schritte auf sie zu und küsste sie. Lange. Und wieder. Da war sie also.

»Hörst du sie?«, fragte Marie.

»Ja«, sagte Georg und strahlte. »Da ist sie endlich, die Melodie des Himmels.«

»Heiliger Strohsack!«, sagte Willi, der gerade mit Alex den Hügel heraufkam.

# Epilog

Die bayrischen Mitbringsel, die Engel Nr. 19 in letzter Sekunde von Willi in die Hand gedrückt bekommen hatte und die er eigentlich Octavio hatte schenken wollen, wurden beschlagnahmt und waren alsbald verschwunden. Aufgegessen, vermutete Octavio und ließ weitere Nachforschungen auf sich beruhen. Er wollte keinen neuen Ärger verursachen.

Nr. 19 hatte etliche Ermahnungen erhalten, letztlich durfte er sich jedoch einen Namen wählen. Er entschied sich für Paule. Dieser Name hatte ihm Glück gebracht, außerdem war er an ihn gewöhnt. Ein klein wenig stolz war er auch, weil er so was wie ein Held war, der jetzt seinen eigenen Paule-Fanclub im Himmel hatte. Obwohl er natürlich über solche Eitelkeiten erhaben sein sollte.

»Alles in allem eine erfolgreiche Mission«, sagte Octavio.

»Na ja«, sagte Engel Paule bescheiden. »Es war knapp, und mehrere Verwarnungen habe ich auch erhalten.«

»Macht nichts«, sagte Octavio. »Ich bin stolz auf dich. Du hast Mut und Einsatz bewiesen. Und ich möchte dich jetzt deinem neuen Ausbilder vorstellen. Er leitet eine Spezialeinheit für besonders couragierte Engel und möchte dich gern kennenlernen.«

»Tatsächlich?« Paule glühte vor Begeisterung.

»Ja, er bedient sich dabei besonderer Methoden und verschiedener didaktischer Mittel. Er arbeitet viel mit Rollenspielen und zeigt auch Filme. Komm mit.«

Sie erreichten die zwölfte Etage mit dem Fahrstuhl, bewegten sich einen kurvigen Gang entlang. An dessen Ende stand ein Haus, das aussah wie ein bayrisches Gasthaus.

»Siehst du, was ich meine?«, sagte Octavio. »Er arbeitet mit allen Tricks. Er nennt es die Macht der inneren Bilder. Lass uns reingehen.«

Sie traten ein. Von innen wirkte das Wirtshaus tatsächlich, als wären sie in Bayern. Männer in Lodenjacken und Frauen in Dirndln saßen gemeinsam an Tischen und tranken Bier.

»Sind das alles Engel in der Ausbildung?«

»Ja«, sagte Octavio. »Das ist einerseits Illusion, andererseits Teil der Ausbildung. Ganz neues Programm. Sehr raffiniert. Du wirst schon sehen.«

An der Theke stand ein Mann in Lederjacke und Stiefeln. Er trug einen Hut und drehte sich gerade um. Seine Augen waren unverschämt blau.

»Guten Tag, Paule«, sagte er und grinste. »Nach allem, was ich gesehen habe, hast du dich meiner früheren äußeren Erscheinung bedient und meinem Namen auf der Erde alle Ehre gemacht. Ich bin stolz auf dich.«

»Darf ich vorstellen«, sagte Octavio. »Paule, das ist dein neuer Ausbilder, Engelsuperagent Paul Newman.«